GLI ADELPHI
689

Matsumoto Seichō (1909-1992) è autore di centinaia di romanzi e racconti; di lui Adelphi ha pubblicato anche *Tokyo Express* (2018), *La ragazza del Kyūshū* (2019), *Il passo di Amagi* e *Il dubbio* (2022). *Un posto tranquillo* è apparso per la prima volta nel 1972; nel 2011 ne è stato tratto, per la televisione giapponese, un film che reca lo stesso titolo del romanzo.

*Matsumoto Seichō*

# Un posto tranquillo

*Traduzione di Gala Maria Follaco*

ADELPHI EDIZIONI

TITOLO ORIGINALE:
*Kikanakatta basho*

*Prima edizione in questa collana: marzo 2024*



Original Japanese edition published by
Kobunsha Co., Ltd., in 1975

Republished in the COMPLETE WORKS of
MATSUMOTO SEICHŌ vol. 23 in 1974

This Italian language pocket edition is published by
ADELPHI EDIZIONI S.p.A. in arrangement with Bungeishunju Ltd.,
Tokyo in care of Tuttle-Mori Agency, Inc., Tokyo through
Piergiorgio Nicolazzini Literary Agency, Milano



WWW.ADELPHI.IT

ISBN 978-88-459-3884-9

| Anno | | | | Edizione | | | | | | |
|---|---|---|---|---|---|---|---|---|---|---|
| 2027 | 2026 | 2025 | 2024 | 1 | 2 | 3 | 4 | 5 | 6 | 7 |

# INDICE

# UN POSTO TRANQUILLO

# I

Quando arrivò la notizia, Asai Tsuneo si trovava a Kōbe. Erano circa le otto e mezzo e stava partecipando a una cena ufficiale, con un gruppo di industriali del settore agroalimentare. Asai, funzionario di un ufficio del ministero dell'Agricoltura, era arrivato il giorno prima insieme al nuovo capo di gabinetto Shiraishi, che aveva ricevuto quella nomina da appena un mese e di politiche alimentari sapeva poco o niente. Avevano visitato alcuni stabilimenti di conserve e di insaccati nella zona di Ōsaka e Kōbe e il giorno successivo sarebbero partiti per Hiroshima.

La cena volgeva al termine. Il capo di Asai, appena tre anni più anziano di lui, parlava di golf con il presidente della confederazione degli industriali. Shiraishi era noto per essere un ottimo giocatore di golf – oltre che primo *dan* di *go* e di *shōgi* – e al ministero aveva fama di essere un asso del *mahjong*. Seduto accanto a lui, Asai lo ascoltava diligentemente, sorseggiando sakè. Mostrarsi interessato alle chiacchiere di un superiore faceva parte del suo lavoro. Il capo di gabinetto, reso loquace dal whisky, parlava a voce alta. Ricoprire quel ruolo a quarantacinque anni significava aver fatto una carriera fulminea. A differenza di Asai aveva un curriculum di tutto rispetto, con una laurea in Legge alla prestigiosa Università di Tokyo. Ma soprattutto era entrato nelle grazie del viceministro, capo di una delle principali fazioni politiche del ministero.

Prima della nomina di Shiraishi, Asai aveva assicurato agli industriali che potevano continuare a rivolgersi a lui, dal momento che il suo nuovo capo non sarebbe restato a lungo, e nel giro di due anni – forse anche un anno e mezzo – avrebbe certamente ottenuto un incarico più importante. Per un tipo come lui – aveva detto loro – quello era solo un ruolo di passaggio, quindi non ci avrebbe messo troppo impegno; e poi di quelle zone non sapeva un bel niente, così gli avrebbe delegato ogni cosa. Certo, avrebbe anche potuto lanciarsi in qualche impresa rischiosa, giusto per attirare l'attenzione, ma in ogni caso Asai sarebbe stato in grado di tenerlo a freno. Per gli industriali l'esperienza contava più delle qualifiche, e così continuarono a fare affidamento su di lui. Asai ormai si era guadagnato la loro fiducia, ma si guardava bene dal darlo a vedere in presenza del nuovo capo. Se Shiraishi era bravo a giocare a *go*, a *shōgi* e *mahjong*, oltre che a golf, era perché da studente aveva avuto tutto il tempo che voleva per dedicarvisi. Lui invece aveva alle spalle una storia tutta differente, proveniva da una famiglia modesta, si era laureato presso una piccola università privata e aveva dovuto faticare per ottenere quel posto.

A intrattenere gli ospiti c'erano anche venti *geisha*. La più bella sedeva di fronte al suo capo, e doveva essere anche lei un'appassionata di golf, perché discuteva con lui sul punteggio di una partita. Far sedere quella *geisha* di fronte a Shiraishi, proprio quando la serata si avviava alla conclusione, doveva essere stata un'idea del vicepresidente della confederazione Yagishita, un pezzo grosso fra i produttori locali di insaccati. Asai aveva capito subito che doveva esserci il suo zampino. Poco prima lo aveva visto osservare come il capo guardava la *geisha*, e di lì a poco, ne era certo, si sarebbe alzato con discrezione e sarebbe venuto a bisbigliargli qualcosa.

Fu invece la voce di una cameriera del ristorante che gli sussurrò all'orecchio:

«La desiderano al telefono. È una chiamata da Tokyo».

Asai aspettò un attimo prima di alzarsi. Non voleva mancare di rispetto al proprio superiore. Prese il bicchiere e se lo portò alle labbra. Continuando a fingere di ascoltarlo mentre parlava di golf, pensò a quale potesse essere il motivo di una telefonata a quell'ora. Viaggiava spesso per lavoro, ma Eiko, sua moglie, non lo cercava quasi mai, e a casa non c'era che lei ad aspettarlo. Quando invece restava fuori più a lungo, per esempio quattro o cinque giorni come questa volta, lei faceva venire la sorella minore.

Quella telefonata da casa, così tardi, lo mise in agitazione. Di giorno era sempre in giro, quindi non potevano sentirsi, ma Eiko comunque non lo avrebbe chiamato. Cosa poteva esserci di così urgente quella sera? Non ne aveva la minima idea.

Fece passare ancora un minuto, poi si alzò senza farsi notare. Il capo era girato a parlare con il presidente della confederazione. La *geisha* lo vide alzarsi ma tornò subito a guardare Shiraishi. Aveva circa trent'anni, un bel volto dalle guance rotonde, proprio il tipo che piaceva al suo capo.

Seguì la cameriera lungo un corridoio, poi un altro. Attraverso una porta a vetri vide la cornetta appoggiata accanto al telefono.

«Pronto... chi parla?».

Nessuna risposta. Il cuore cominciò a battergli forte. All'altro capo del telefono sentiva delle voci confuse, non riusciva a capire cosa dicessero, avvertiva solo un brusio. Poi, più distintamente, udì una donna che piangeva. Gli fu sufficiente per capire che era Miyako, la sorella di sua moglie. Non riusciva a parlare, stava singhiozzando.

«Miyako, che succede?».

Tremava la voce anche a lui. Ebbe la certezza che era capitato qualcosa ad Eiko, ecco perché non c'era lei all'altro capo del telefono.

« Eiko... Eiko è... » sentì soltanto, ma non poté distinguere cosa disse dopo. Miyako era sconvolta, non si capiva se stesse piangendo o ridendo.

« ... morta » gli parve di sentire.

« Come? Cosa hai detto? ».

« Eiko è morta, è morta all'improvviso ».

« Morta? Ma che dici? ».

Alle sue spalle passò una cameriera, ma la porta di vetro della cabina era chiusa e lei non si voltò nemmeno.

« Quando? ».

I singhiozzi, sempre più violenti, soffocavano le parole di Miyako.

« Tre ore fa... ».

Gli stava dicendo che era morta da tre ore. Ma tre ore prima lui era già lì al ristorante, e partendo aveva lasciato a Eiko e Miyako una tabella con tutti i suoi spostamenti e il nome dell'albergo. Se Miyako avesse telefonato lì, le avrebbero detto dov'era. Perché non lo aveva chiamato subito?

Quel ritardo gli fece pensare che fosse morta in un incidente stradale. Se le fosse capitato qualcosa mentre era a casa, lo avrebbero chiamato subito e, se anche l'avessero portata in ospedale, la notizia sarebbe arrivata prima.

« Ha avuto un incidente? ».

A quel punto all'altro capo del telefono subentrò una voce maschile.

« Sono io. No, non è stato un incidente ».

Era il padre di Eiko. Anche il suocero, da Hachiōji, era già arrivato a casa loro.

« Ha avuto un attacco cardiaco. Una cosa del tutto improvvisa ».

Quell'uomo di settant'anni aveva la voce alterata, interrotta da continui colpi di tosse.

« ... Si è sentita male mentre era in giro ed è entrata in un negozio che si trovava lì vicino. Hanno telefonato a

Miyako, che è corsa lì con un taxi, ma quando è arrivata non c'era più niente da fare».

«Quindi è dal negozio che hanno chiamato l'ambulanza?» domandò Asai sforzandosi di mantenere la calma.

«No, perché a duecento metri dal negozio c'era un ambulatorio e il dottore è arrivato subito. Ma Eiko ormai non aveva più battito».

Il cuore di Eiko era sempre stato fragile, e due anni prima aveva già avuto un leggero infarto.

«Ma adesso dove si trova?».

«L'abbiamo riportata a casa un'ora fa. Miyako si è dovuta mettere in contatto con il tuo hotel per cercare di rintracciarti...».

Il suocero tentava di giustificare il ritardo con cui lo avevano avvisato. Asai sentiva Miyako piangere in sottofondo, e doveva esserci anche il fratello di Eiko.

«Riesci a prendere un treno?».

«Gli *Shinkansen* non ci sono più a quest'ora. Se faccio in tempo tornerò in aereo. Altrimenti dovrò prendere un treno notturno che arriva a Tokyo domattina».

«Ti aspettiamo. Non riusciamo ancora a crederci, sarai sconvolto...».

Voleva calmarlo prima che tornasse a casa, ma la voce gli si incrinò. Più del dolore per la morte della figlia, sembrava animarlo la preoccupazione che il genero potesse compiere un gesto sconsiderato.

Asai tornò nel corridoio e chiamò la cameriera.

«Faccio ancora in tempo a prendere l'ultimo aereo per Tokyo?».

La cameriera tirò su la manica del grembiule viola e guardò l'ora sul suo piccolo orologio da polso.

«Sono le nove e dieci. L'ultimo è alle nove e mezzo, non credo che riuscirebbe ad arrivare in tempo all'aeroporto di Itami».

Capitava spesso che i clienti del ristorante ripartissero per Tokyo dopo cena, ecco perché ricordava l'orario a memoria.

«Torna a Tokyo, quindi?».

«Sì. Il prossimo rapido invece a che ora è?».

«Ce n'è uno che parte da San'nomiya alle dieci e cinque. Dovrebbe arrivare a Tokyo domattina intorno alle nove e mezzo».

«Vada per quello. Mi chiami un taxi».

«Va via da solo?».

«Sì, parto solo io. Si tratta di un'emergenza».

Tornando indietro pensò di affidare il suo capo al vicepresidente della confederazione. Non c'era il tempo di far venire un sostituto dal ministero. Restavano due giorni, durante i quali avrebbe dovuto proseguire da solo il giro di visite. Desideroso com'era di darsi un tono, Shiraishi non avrebbe gradito di restare senza accompagnatore. Forse poteva chiedere alla sezione di Hiroshima di mandare un'altra persona. Ma il capo di gabinetto non avrebbe fatto una gran figura davanti agli industriali se con lui non ci fosse stato qualcuno della sede centrale. Aveva appena ricevuto la terribile notizia che sua moglie era morta all'improvviso, eppure Asai continuava a pensare al lavoro.

Quando tornò al tavolo era già stata servita l'ultima portata. Il capo teneva tra le mani la sua ciotola di *ochazuke*, mentre la *geisha* seduta di fronte a lui gli serviva da bere. Asai fece un cenno a Shiraishi e si rimise a sedere, e fu lei a chiedergli se preferiva l'*ochazuke* con il branzino o in bianco.

Shiraishi sembrava irritato per la prolungata assenza di Asai, che si rigirava tra le mani la ciotola bollente di *ochazuke* pensando a un modo per dargli la notizia. Non aveva molto tempo. Sentiva ancora i singhiozzi di Miyako.

Posò sul tavolo la ciotola e gli si avvicinò.

«Signor Shiraishi, sono mortificato» gli sussurrò all'orecchio.

L'altro, girandosi leggermente verso di lui, lo guardò con aria interrogativa.

«Preferirei che non si sapesse ancora, vede...».

Non c'era più il chiasso di prima, quando avevano servito gli alcolici, ma tutti conversavano ancora animatamente tra loro.

«Ho appena ricevuto una telefonata da casa. Mia moglie è morta all'improvviso».

A Shiraishi era parso vagamente di aver sentito la parola «morta», ma non ne era sicuro, per cui, interdetto, avvicinò l'orecchio per sentire meglio.

«Un attacco cardiaco, tre ore fa».

Ora quelle parole gli arrivarono ben chiare. Spalancò gli occhi e posò la ciotola sul tavolo. Il suo sguardo passò rapido sugli altri commensali e si fermò sul volto di Asai.

«Ma dici sul serio? Sono costernato...». Parlava piano, e la sua voce aveva assunto un tono grave e compunto.

«Sì, ho sentito il padre e la sorella» disse Asai in un sussurro.

«Tua moglie era già malata?» chiese Shiraishi, abbassando anche lui la voce.

«No, stava bene. A quanto ho capito quando si è sentita male non era a casa, ha cercato aiuto in un negozio ma era già troppo tardi».

«Non so davvero che dire...».

Shiraishi abbassò la testa per evitare che gli altri cogliessero il contenuto della loro conversazione. L'irritazione di poco prima aveva lasciato il posto a una pietà mista a inquietudine.

«Torna subito a Tokyo, allora» gli ordinò a bassa voce.

«Sì. Sono mortificato di non poter portare a termine il mio compito qui con lei...».

«Non dirlo neanche. Lasciami pensare...» disse, lanciando un'occhiata all'orologio. «A quest'ora non ci sono più voli».

«No».

«Quand'è il prossimo treno?».

«Ho chiesto alla cameriera, ce n'è uno alle dieci e cinque».

«Allora non c'è tanto tempo. Devi partire immediatamente».

«Grazie. Mi perdoni per aver anteposto al lavoro una questione privata».

«Ma che cosa dici? Non pensarlo neanche».

I rappresentanti degli industriali erano impegnati a mangiare e bere tè, ma di tanto in tanto qualcuno lanciava uno sguardo verso di loro. La *geisha* di fronte a Shiraishi intuì qualcosa e, per discrezione, si mise a parlare a bassa voce con la ragazza accanto a lei.

«Va bene. Le chiedo scusa».

«Quando rientrerò a Tokyo passerò per le condoglianze».

«No, la prego, non deve disturbarsi. Lo apprezzerei molto, ma lei è sempre così impegnato...».

«Adesso non ci pensare, fa' presto. Dopo la tua partenza, alla prima occasione, penserò io a dirlo agli altri».

«No, signor Shiraishi, non voglio che si disturbi tanto. Chiederò al signor Yagishita di accompagnarmi all'uscita e gli spiegherò la situazione, lasci che se ne occupi lui».

«Sei sicuro?».

Shiraishi lo assecondò, forse perché voleva evitare di essere lui a metterli al corrente della disgrazia capitata a un suo dipendente.

«Riguardo ai suoi prossimi programmi, che ne pensa se per la visita a Hiroshima la faccio accompagnare da qualcuno degli Affari generali? Se per lei va bene, dico subito a Yagishita di organizzare tutto».

«Non preoccuparti di queste cose. Posso vedermela da me».

«Ma non posso lasciare tutto così...».

«Non insistere. Sbrigati, piuttosto. Devi passare anche a prendere i bagagli in albergo, no?».

«Ha ragione. Le chiedo di nuovo scusa. Arrivederci».

Quando si alzò in piedi, Asai vide che i trenta commensali erano tutti girati verso di lui – forse si erano accorti che c'era stato un cambio di programma.

Fece un cenno a Yagishita e lo aspettò nel corridoio. Per non perdere altro tempo, gli spiegò tutto mentre procedevano verso l'uscita.

«Ti ho visto confabulare con il capo di gabinetto Shiraishi e mi sono chiesto cosa fosse successo, ma non avrei mai immaginato che si trattasse di un fatto così grave. Sono senza parole...».

Yagishita chinò la testa calva.

«Ti ringrazio. È stato un vero shock».

«Lo credo bene. Un incubo. Quando lo racconterò agli altri rimarranno di sasso anche loro».

«Vista la situazione ho preferito non rovinare la serata a tutti con questa brutta notizia, quindi anche tu valuta bene quando dirlo».

«Sì, certo. Però, Asai, non ti devi creare tutti questi problemi. Ti conosciamo da tempo, sei uno di noi ormai. Stai tranquillo, lo dirò quando è il momento».

«E ho un'altra richiesta, perdonami. Dopo la mia partenza il capo di gabinetto resterà da solo, non ci sarà nessuno a occuparsi di lui. Ormai è tardi per chiedere al ministero di mandare un sostituto, quindi bisogna telefonare alla sezione di Hiroshima per vedere se c'è qualcuno che possa andare a prenderlo alla stazione e accompagnarlo durante la visita. Qualcuno che resti con lui fino alla fine».

«Sì, va bene. Ci penso io. Non è il momento di preoccuparsi di queste cose...» ribadì Yagishita con un tono di commiserazione.

«Invece sì, è una mia responsabilità. Non voglio che si pensi che un problema personale mi abbia distolto dai miei doveri».

«Ma non si tratta di una semplice questione personale, è morta tua moglie!».

«Comunque sia, voglio portare a termine il mio compito. Shiraishi non può restare da solo. Non si è mai visto un capo di gabinetto che se ne va in giro da solo».

«Sì, questo è vero, ma...».

«Conto su di te».

«Va bene, ho capito. Puoi partire tranquillo».

Asai si fermò e accostò il viso all'orecchio di Yagishita.

«Senti... ma... pensi che le cose andranno in porto con la ragazza seduta di fronte a lui?».

Yagishita non riusciva a credere alle sue orecchie.

«Con quello che ti è capitato stai a pensare anche a questo?».

Fu solo una volta partito che Asai riuscì a tornare finalmente in sé. Mentre, insonne, si lasciava cullare dal movimento ritmico del treno, pensò: ma dove si trovava Eiko quando ha avuto l'infarto? Al telefono gli era sfuggito.

# II

Dopo il funerale e la cerimonia del settimo giorno la casa rimase deserta. Sarebbe passato un bel po' di tempo prima di rivedere qualche familiare. La prossima occasione era il primo anniversario, ma non tutti i parenti di Eiko vi avrebbero partecipato. Non avevano avuto figli, e a un certo punto i rapporti di famiglia inevitabilmente si sarebbero allentati.

Il matrimonio di Asai con Eiko era durato sette anni. Si erano sposati un anno dopo la morte della sua prima moglie. Asai aveva trentacinque anni, Eiko otto di meno. Per lei era il primo matrimonio. L'intermediario gli aveva detto che era arrivata a ventisette anni senza essersi ancora sposata perché nessun candidato le era mai sembrato alla sua altezza, e quando Asai la vide per la prima volta capì cosa intendeva dire. Eiko non era una bellezza, ma aveva indubbiamente fascino, e un sorriso attraente.

La prima moglie di Asai era di aspetto piuttosto insignificante, forse per questo lui aveva insistito tanto con l'intermediario perché convincesse Eiko, visto che non riusciva a decidersi. Lei rischiava di sposarsi tardi, ma lui era al secondo matrimonio e questo certo non era un punto a suo favore. Per di più Asai sapeva di non essere particolarmente avvenente, e anche da giovane non aveva mai avuto successo con le donne. La sola cosa che poteva offrire era la stabilità del suo impiego come pubblico funzionario, sebbene lo stipendio non fosse un granché.

E così, dopo una lunga e snervante attesa, riuscì ad avere Eiko. Naturalmente l'amava. Era più giovane di lui e non poteva impedirsi di vederla un po' come una bambina, e di viziarla. Avevano solo otto anni di differenza, ma sembravano molti di più.

Eiko si abituò presto alle attenzioni del marito e, più che amarlo, si lasciava viziare. Di tanto in tanto faceva anche i capricci. Più d'una volta diceva di essere stanca, per starsene a letto due o tre giorni senza muovere un dito. Asai non la rimproverava, anzi, era lui a cucinare, pulire, e persino fare la spesa.

Quando Eiko era stanca non lo lasciava avvicinare e, in generale, tra le lenzuola era piuttosto sfuggente. Non che non volesse bene a suo marito, ma sembrava poco interessata a quell'aspetto, e non prendeva mai l'iniziativa. Per Asai era un po' frustrante, ma questo non gli impediva di trovarla una moglie adorabile.

Eiko era molto socievole e amava stare in compagnia. A casa invece non apriva quasi bocca. Era come se avesse due personalità diverse. Asai aveva percepito questa differenza e più volte aveva pensato che si annoiasse quando erano soltanto loro due. Certo è che fuori di casa Eiko sembrava rinascere.

Usciva soprattutto con amiche di vecchia data o altre conosciute per loro tramite. All'inizio andavano tutte a lezione di *kouta*, poi a un certo punto erano passate allo *shamisen*, e da lì alla pittura *nihonga*. Da qualche tempo si era appassionata agli *haiku* e frequentava una scuola nel quartiere di Suginami. Era stata un'amica a fargliela conoscere. Eiko tendeva a stancarsi presto – era come se fosse incapace di mantenere a lungo un interesse – ma più che altro detestava la monotonia.

Per fortuna la passione per gli *haiku* durò di più, e a distanza di due anni Eiko continuava ancora a frequentare la scuola. Aveva anche un discreto talento, riconosciuto sia dalla maestra che dai compagni. C'era una piccola rivista che ogni tanto pubblicava i suoi componimenti. Lo *shamisen* e la pittura le avevano procurato solo complimenti, invece qui poteva vedere i suoi versi pubblicati, e questo le dava una motivazione in più. Se li trovava in fondo alla pagina era triste, se apparivano in apertura era felice. Si divertiva a fare confronti con i compagni. Da tempo, ormai, sulla sua scrivania i pennelli avevano lasciato il posto a raccolte di *haiku* e a manuali di composizione.

Le allieve della scuola di *haiku* erano soprattutto donne mature o ragazze più giovani di Eiko. Quelle sulla trentina erano in genere sposate, con due o tre figli, e difficilmente potevano allontanarsi da casa. Ce n'erano giusto un paio, oltre a lei.

Qualche anno prima, Eiko gli aveva chiesto di punto in bianco: «Secondo te sono davvero attraente?».

Asai le domandò chi glielo avesse detto, e lei, tutta sorridente, aveva risposto: «Alla scuola di *haiku*... mi hanno detto che sono sensuale, ma sempre in modo raffinato, mai volgare».

«Te lo ha detto un uomo o una donna?».

Alla sua scuola gli uomini erano molto più numerosi delle donne.

«Una donna, naturalmente. Con gli uomini parlo solo di *haiku*. Nessuno di loro verrebbe a dirmi una cosa del genere. È stata una donna, e ha aggiunto che se lo aveva notato lei sicuramente anche gli uomini avevano la stessa impressione».

Abituato a starle vicino, Asai non ci aveva fatto caso, ma sentendoglielo dire si rese conto che era vero. In effetti le linee asciutte del suo corpo si erano fatte più morbide. Era sempre stata attraente, ma dopo i trent'anni lo era diventata ancora di più.

«Sapessi cosa mi è successo oggi, alla scuola di *haiku*! Una signora pensava che facessi l'intrattenitrice in un locale, ed è rimasta molto sorpresa quando ha saputo da una delle mie amiche che non lo ero affatto. È così che la gente mi vede? Non mi piace essere presa per qualcuno che non sono. Forse è per come mi vesto... d'ora in poi devo cercare di dare meno nell'occhio ».

Non si trattava di dare meno nell'occhio. Quanto più si cerca di contenerla, tanto più la sensualità viene fuori. È un fatto fisico, non ha niente a che vedere con l'abbigliamento. Eiko era sempre piaciuta alle persone, ma da un po' di tempo era più provocante, come se cercasse di attirare l'attenzione. Poteva trattarsi di un gesto, della postura, di un semplice movimento. Ora lo notava anche il marito.

Asai pensava che fosse del tutto naturale che una donna intorno ai trent'anni apparisse più sensuale. Dipendeva dai cambiamenti fisici di quella che chiamano « seconda fioritura ». Una volta però, mentre era fuori a bere con dei colleghi, uno di loro aveva detto che in realtà non si tratta di un cambiamento fisiologico, ma del risultato di un percorso, qualcosa di acquisito con « l'esperienza ». Tutti gli avevano dato ragione, e Asai aveva intuito cosa intendessero con quella parola.

Tuttavia gli era difficile pensarla come loro. I suoi rapporti con Eiko non erano mai stati così frequenti, né tantomeno così passionali, da innescare un cambiamento simile. Dagli accenni che si lasciavano sfuggire i colleghi, sapeva che la frequenza dei loro rapporti con le mogli era circa dieci volte la sua, e se loro rappresentavano la media, allora Asai ne era ben lontano. Insomma, Eiko semplicemente non sembrava interessata.

A peggiorare le cose c'era stata la crisi cardiaca di due anni prima. Un improvviso dolore al petto era stato seguito da un'ansia incontrollabile e da un pallore mortale, mentre il sudore le imperlava la fronte. Il medico era riuscito a intervenire in tempo ed Eiko si era ristabilita, ma stando alla diagnosi si era trattato di un leggero infarto. Era rimasta a riposo in ospedale per una settimana, ma da allora sopportava ancora meno le attenzioni di Asai. Diceva che la sua ritrosia era dovuta anche al fatto di aver letto su qualche manuale di medicina che un secondo infarto può essere fatale. Era importante mantenersi calma, ed evitare ogni stress. Anche per questo aveva deciso di dedicarsi agli *haiku*.

Il medico le aveva raccomandato prudenza ma allo stesso tempo le aveva spiegato che si trattava di indicazioni che non andavano seguite alla lettera. Il suo infarto era stato lieve, e come tale doveva considerarlo. Preoccuparsi eccessivamente non le avrebbe certo giovato.

E aveva ragione. Ma se gli *haiku* potevano servire a distrarla mentalmente, sul piano fisico Eiko si era chiusa ancora di più.

Asai, quindi, non riusciva a condividere l'idea che l'attrazione sessuale esercitata da una donna della sua età potesse essere il risultato dell'esperienza. Secondo lui era molto più logico pensare che il cambiamento fosse legato al modificarsi delle abitudini, dovuto all'età. Ma non poteva dirlo ai colleghi. Se l'avesse fatto, avrebbe dovuto raccontare i dettagli della sua vita coniugale. Altrimenti non sarebbe mai riuscito a convincerli. E non era certo il caso di rivelare cose tanto private. Così, ogni volta che si tornava sull'argomento Asai in cuor suo dissentiva ma non lo dava a vedere.

La cosa strana – forse dovuta alla sua stessa natura – era che il suo corpo sembrava essersi adattato ai ritmi della moglie, e anche Asai ora non provava più tanto desiderio. Non andava a cercarsi soddisfazioni a pagamento, né aspirava a trovare un'amante. Si era semplicemente abituato alla vita con Eiko.

O forse, più che l'abitudine, erano altri due i motivi che stavano dietro al suo comportamento. Innanzitutto Asai era estremamente oculato nell'uso del denaro, per lui la mancanza di un patrimonio equivaleva a vivere sull'orlo di un baratro. Questo gli aveva insegnato la dura esperienza di studente squattrinato. Pagare per trascorrere qualche ora con una donna non gli sarebbe nemmeno passato per la testa. E poi non era più come una volta, quando bastava andare in certi quartieri per trovarne una. Adesso ci voleva un intermediario, bisognava affidarsi a un terzo. Oltre che seccante, era uno spreco di tempo e di denaro. A un giovane forse non sarebbe pesato, ma per un uomo di quarant'anni come lui era fuori discussione. E se qualcuno dei suoi dipendenti fosse venuto a saperlo, si sarebbe coperto di ridicolo, mettendo anche a rischio la sua carriera.

In cuor suo Asai era orgoglioso della posizione che aveva raggiunto al ministero, e non avrebbe lasciato che una condotta poco trasparente nella vita privata lo danneggiasse. Non erano pochi i colleghi che si erano attirati le antipatie dei superiori per motivi simili. Alcuni avevano addirittura perso il posto, e da quel momento gli era andato tutto male.

Quello del ministero non era facile come ambiente di lavoro, ma Asai aveva deciso di non lasciarsi sopraffare dal senso di frustrazione e dalle ingiustizie. Alcune volte i funzionari più qualificati, quelli già proiettati verso carriere di successo, lo mandavano in bestia, ma col mondo dei burocrati giapponesi era una partita persa in partenza. Chi si lasciava prendere dalla rabbia avrebbe fatto meglio a trovarsi un altro posto. Ribellarsi non serviva a niente.

Asai scelse di pianificare con cura la propria carriera anziché opporre inutili resistenze. E fu così che riuscì a diventare capoufficio. Tra quelli con il suo stesso curriculum, solo in pochi avevano raggiunto quel ruolo. Anche se qualcuno era persino diventato capo di gabinetto.

Lui non aspirava a tanto, ma prima di andare in pensione avrebbe voluto almeno essere promosso capo di sezione. Per questo lavorava con impegno. Aveva deciso che avrebbe imparato a sbrigare al meglio le faccende pratiche, quelle che ai colleghi più qualificati riuscivano meno. Solo così avrebbe potuto essere alla loro altezza.

Per lui questo non significava mettersi in competizione. Voleva soltanto essere certo che si rivolgessero a lui quando avevano bisogno di qualcosa. Per i più ambiziosi, una posizione al ministero era solo una fase di passaggio in attesa di un ruolo di spicco. Non avevano idea degli aspetti pratici del lavoro. E, dal momento che lo ritenevano un impegno provvisorio, non si preoccupavano di approfondire questi aspetti più di tanto. Una volta apprese le regole di base firmavano a occhi chiusi tutto ciò che gli passava sul tavolo.

Asai faceva del suo meglio per assistere fedelmente i superiori. Ma non si comportava con tutti nello stesso modo. Sapeva intuire subito chi tra loro avrebbe fatto carriera e chi no, affidandosi in pari misura all'istinto e alla valutazione oggettiva delle circostanze.

Si mostrava gentile anche con quelli che non gli sembravano destinati a un grande futuro, ma in realtà non si sforzava un granché. Faceva solo lo stretto necessario. Aspettava con pazienza che arrivassero i problemi, dissimulando abilmente il piacere di vederli in difficoltà. Era un modo per sfogare segretamente tutta la sua frustrazione.

Ma se intuiva che per un suo superiore si profilava una carriera di successo allora era tutta un'altra storia. Anche se lo trovava mediocre, Asai lo trattava con devozione, lavorando al posto suo e lasciando che si prendesse lui tutti i meriti. Quel capo di sezione sarebbe diventato responsabile di divisione, poi capo di gabinetto, magari un giorno lo avrebbe avuto di nuovo come superiore, e a quel punto Asai sarebbe stato ricompensato. Di promozione in promozione il suo stipendio sarebbe gradualmente aumentato, avrebbe ricevuto una liquidazione maggiore, una pensione più ricca.

Tutte le sue energie erano investite nel lavoro al ministero, ecco perché la scarsa propensione di sua moglie per i rapporti coniugali non lo affliggeva così tanto. Le cose tra loro erano sempre andate così, e adesso per di più c'era il problema del cuore di Eiko. Si sarebbe preso cura di lei come già faceva da tempo.

Ma quando la moglie all'improvviso morì, Asai si sentì perso.

Pianse mentre chiudevano la bara, e il suocero dovette trascinarlo via al momento di infilarla nel forno per la cremazione. Tra le lacrime, Asai si domandò se tutti gli uomini innamorati delle proprie mogli si sentissero così quando le perdevano. O valeva solo per lui? Era talmente sicuro di saper controllare i suoi sentimenti che quello stato di abbattimento lo sconvolse oltre ogni previsione.

Amava Eiko. Per sette anni il loro rapporto non era stato dei più appassionati, ma adesso che era morta si rendeva conto di quanto fosse importante per lui. Era più vecchio e aveva molta più esperienza di lei, per questo l'aveva sempre vista come una bambina, ma la sua scomparsa gli aveva ricordato di colpo quale fosse il loro vero legame.

Una decina di giorni dopo la morte di Eiko, mentre ancora combatteva con queste emozioni, ricevette una visita di Miyako. Era domenica. Il marito, ingegnere in una compagnia petrolifera, si trovava all'estero per lavoro e sarebbe stato via due mesi. In sua assenza, Miyako era andata a stare dai genitori, ma quando Asai era a Kōbe Eiko l'aveva chiamata perché andasse da lei. E si era occupata della casa anche dopo la sua morte.

«Devi sentirti molto solo» gli disse, sedendosi accanto a lui con discrezione, dopo aver acceso l'incenso davanti al piccolo altare di famiglia. Aveva tre anni meno di Eiko.

«Ancora non riesco a crederci. Forse perché non ero con lei, e perché non è morta qui a casa» rispose con franchezza Asai.

Quando Miyako lo aveva chiamato per annunciargli la morte di Eiko, Asai stava partecipando a quella cena ufficiale a Kōbe. E dentro di sé non era mai riuscito a separare la telefonata dallo stato d'animo in cui si trovava quando l'aveva ricevuta. Allora Asai era tutto concentrato sul suo ruolo di assistente del capo di gabinetto Shiraishi.

Anche se non era ancora certo delle sue reali prospettive di carriera. La moglie apparteneva a una famosa dinastia di politici, che però non aveva particolari agganci al ministero. Tuttavia in giro si diceva che la signora Shiraishi fosse entrata nelle grazie di un politico influente. Non si poteva sapere con certezza se il marito sarebbe diventato un funzionario di primo livello o se, a metà carriera, lo avrebbero allontanato dal ministero per affidargli un incarico di consulente aziendale da qualche parte. Asai doveva essere molto cauto, ecco perché quella sera era così teso. Shiraishi era il rampollo di una grande famiglia, un tipo superficiale e disattento, ma anche – a quanto si diceva – suscettibile, quindi bisognava fare attenzione.

Durante quella cena, offerta dagli industriali di Kōbe, si era creata un'atmosfera allegra e tutti avevano brindato alla salute del capo di gabinetto, di fronte al quale sedeva la *geisha* dalle belle guance. E quando era tornato al suo posto, dopo aver ricevuto la telefonata, Asai aveva avuto la sensazione di aver fatto soltanto un brutto sogno. Per questo faceva ancora tanta fatica ad accettare che Eiko fosse morta.

« Certo, capisco... » disse la cognata, e proseguì: « Volevo parlarti di una cosa. Ti ricordi della profumeria di Yoyogi dove quel giorno hanno soccorso Eiko? Ormai è passata una settimana, forse dovremmo far visita alla proprietaria per esprimerle la nostra gratitudine ».

« Hai ragione, è vero. Ci avevo pensato anch'io, ma poi mi è sfuggito. Le porterò un omaggio per ringraziarla ».

« È venuta anche al funerale. Ha bruciato l'incenso insieme agli altri, e ha lasciato una busta con cinquemila yen. Con tutto il disturbo che le abbiamo procurato... Te l'avevo detto, no? ».

« Sì, adesso mi ricordo. Uno di questi giorni ci andiamo insieme, mi fai vedere tu dov'è ».

Il negozio in cui Eiko si era precipitata, e dove poi era morta, era una piccola profumeria. Si trovava dalle parti di San'ya.

# III

Da quando a Yoyogi hanno rifatto le strade per le Olimpiadi del 1964, l'atmosfera del quartiere è completamente cambiata, ma appena ci si allontana dalle vie più centrali si respira ancora l'aria di una volta. Qua e là, ripidi pendii fanno venire in mente *La strada scavata nella collina* di Kishida Ryūsei. Certo, al posto della rossa strada sterrata in salita di quel quadro oggi c'è solo una grigia via asfaltata e nemmeno più un ciuffo d'erba, ma i bassi muri di pietra bianca sono stati ripristinati su entrambi i lati della strada. I terreni incolti oltre quei muri si sono riempiti di ville e di condomini di lusso, e il paesaggio desolato di San'ya nella prima epoca Taishō, tanto amato da Kishida, ha lasciato il posto a un quartiere residenziale esclusivo.

Asai Tsuneo e sua cognata Miyako procedevano fianco a fianco lungo uno dei viali che tagliavano la famosa « strada scavata », in mezzo a negozi che esponevano gli articoli di lusso che ci si aspetta di trovare in un quartiere del genere. Era un tiepido pomeriggio di metà marzo, e il suo collo avvolto nella sciarpa era già leggermente sudato.

A mano a mano che salivano, i muri di pietra aumentavano. Le case erano grandi, ville e condomini di recente costruzione si mescolavano a edifici antichi risparmiati dai bombardamenti, come il resto del quartiere.

« È una profumeria molto piccola, quasi nascosta fra le case. Ci sono venuta solo una volta e non mi ricordo bene dove si trova. Mi sembra che nel giardino della casa accanto ci fosse una grande zelkova » disse Miyako, che, con in mano un cesto di frutta, precedeva di qualche passo Asai.

« Eccola » disse indicando l'albero al di là dell'incrocio. Sulla cima e sui rami della zelkova erano appena spuntate delle foglioline di un verde brillante.

Svoltarono l'angolo e si trovarono di fronte alla casa con il giardino. Sopra il basso muro di pietra c'era un recinto di bambù, lungo almeno centoventi metri. Alla base erano state piantate delle azalee, mentre dall'interno spuntavano chiome di alberi sempreverdi. La zelkova si trovava in un angolo del giardino. In cima a una rampa di scalini di pietra c'era un cancello coperto da una tettoia con una targa su cui si leggeva il nome « Kubo ». La targa, il cancello e il recinto di bambù, così come la casa a due piani al loro interno, erano d'epoca, e avevano lo stile tipico delle antiche abitazioni del quartiere.

L'edificio accanto, invece, aveva una facciata larga appena due o tre metri e il primo piano quasi del tutto coperto da un'insegna su cui campeggiava la scritta « Profumeria Takahashi ». Miyako si fermò lì davanti. Era una piccola profumeria, ma i prodotti esposti nella vetrina, in confezioni dai colori accesi, davano all'insieme un'aria lussuosa e ricercata.

« Ecco, siamo arrivati » disse Miyako voltandosi verso Asai, e si tolse il leggero soprabito grigio chiaro, sotto il quale indossava un completo della stessa tonalità.

Sul lato opposto, all'inizio di una via in discesa, c'era un edificio nuovo di zecca, in stile occidentale, con il proprio garage. All'interno di un'elegante recinzione in ferro battuto si vedeva un prato, con al centro un giardino tradizionale in pietra. Sulla targa all'ingresso era scritto il nome « Hori ».

Anche Asai si tolse il cappotto e seguì Miyako all'interno. L'ambiente era talmente minuscolo che a malapena riuscivano a starci entrambi.

Una donna sulla quarantina, con il volto rotondo e indosso un camice bianco, dapprima guardò Miyako con aria sorpresa, poi le rivolse un sorriso. Aveva occhi grandi e labbra carnose, e un fondotinta così chiaro che sembrava voler fare pubblicità a uno dei cosmetici esposti. Non era alta, ma aveva un corpo snello e ben proporzionato.

« Volevamo ringraziarla ancora per quello che ha fatto per noi... E grazie anche per essere venuta al funerale, abbiamo apprezzato molto il suo omaggio... » cominciò Miyako, interrompendosi poco dopo per presentarle il cognato che era accanto a lei.

« Questo è il marito di mia sorella. Ci perdoni se non siamo venuti prima a ringraziarla ».

Miyako indietreggiò per fare posto ad Asai.

« Mi chiamo Tsuneo Asai » disse lui porgendole il suo biglietto da visita e facendo un profondo inchino. « Le chiedo scusa per il disturbo arrecatole da mia moglie. Sarei voluto venire prima a scusarmi con lei ed esprimerle la mia gratitudine, ma è accaduto tutto così all'improvviso... e poi sono stato impegnato con i preparativi per il funerale. Dopo ho atteso che passasse il settimo giorno... Ecco perché mi vede soltanto oggi... ».

« Le faccio le mie più sincere condoglianze... Davvero sono già passati sette giorni? Io stessa fatico a crederci, non oso immaginare lei... ».

Dopo i convenevoli di rito, Asai appoggiò sul banco il cesto con la frutta e una busta contenente tre banconote da diecimila yen.

« Ma no, non deve » disse la donna respingendo la busta con le mani.

« La prego di prenderli come espressione delle mie scuse. Mi dispiace averle arrecato tutto questo disturbo, accetti questo piccolo dono... ».

Miyako e il cognato accennarono insieme un inchino, ma la donna fu irremovibile:

« No, davvero. Era una situazione di emergenza, il mio intervento è stato inutile. Se la signora si fosse ripresa sarebbe stato diverso... ma di fronte a una simile tragedia proprio non posso accettare ».

« È il minimo che possiamo fare » insisté Miyako. « Quel giorno a causa delle condizioni di mia sorella lei ha dovuto chiudere il negozio e aspettare che arrivassi io in macchina per riportarla a casa ».

« Ma si figuri, in questo periodo non c'è molto da fare, e stare chiusi per due o tre ore non è un problema ». Si interruppe un attimo e aggiunse: « Scusatemi, non vi ho neanche invitati a sedervi. Il negozio è piccolo, ma prego, accomodatevi... », e li condusse sul retro. Miyako prese la busta con i soldi dal banco rimasto incustodito.

Dietro alcune vetrine, che fungevano da divisori, c'era giusto lo spazio per un tavolino con quattro sedie. Dentro era scuro, perché gli espositori non lasciavano passare la luce che proveniva dall'esterno, e la donna accese una lampada.

In altre circostanze Asai sarebbe andato via subito dopo i saluti, ma era ansioso di conoscere tutti i dettagli di quanto era accaduto quel giorno, capire perché Eiko fosse finita proprio in quella profumeria e saperne di più sul momento in cui era spirata, quindi si sedette accanto a Miyako. La cognata gli aveva già raccontato com'erano andate le cose, ma adesso voleva sentire tutta la storia da chi l'aveva vissuta in prima persona. Era anche un modo per mostrare gratitudine verso colei che per ultima si era presa cura di sua moglie.

La donna si allontanò per qualche istante, forse stava preparando del tè per i due ospiti. In giro non sembrava esserci nessun familiare, e non pareva nemmeno che nella profumeria lavorasse qualcun altro, a parte lei. Forse il negozio era troppo piccolo per potersi permettere di assumere una commessa. Tuttavia, osservando la pubblicità di una famosa casa di cosmetici, Asai pensò che, dato il quartiere in cui si trovava, quella profumeria poteva vendere prodotti anche molto costosi.

La donna con il camice bianco ricomparve portando un vassoio d'argento con tre tazze di tè.

«Ci dispiace, con tutto quello che avrà da fare... La prego, non si disturbi» disse Miyako accennando un inchino.

«Ma no, nessun disturbo. Anzi, scusate se non ho altro da offrirvi...».

Posò una tazza di tè davanti ad Asai e gli tese un biglietto da visita. Sull'angolo in alto a destra c'erano scritti i nomi di due aziende che trattava, due marchi di lusso molto conosciuti. Al centro era scritto «Profumeria Takahashi», a sinistra «Takahashi Chiyoko» e poi, in caratteri più piccoli, l'indirizzo e il numero di telefono. Nessun riferimento a eventuali collaboratori.

La donna guardò a sua volta il biglietto da visita di Asai e lo posò sul tavolo davanti a sé. Aveva sicuramente notato la scritta «Ministero dell'Agricoltura», ma non fece alcun commento e rimase impassibile. Asai mise un po' di zucchero nel tè, premette sul fondo della tazza la fettina di limone che galleggiava in superficie, bevve un sorso e ruppe il silenzio: «Mia cognata mi ha già raccontato come sono andate le cose, ma le sarei grato se volesse dirmi qualcosa di più riguardo al giorno in cui mia moglie è arrivata qui da lei».

«Certo, mi sembra giusto anche nei confronti della sua signora» disse la donna inclinando leggermente indietro la testa. Aveva labbra molto carnose, ma un trucco sapiente riusciva a mimetizzarle e a renderle attraenti.

«Era il 7 marzo, un venerdì. All'incirca alle quattro del pomeriggio mi trovavo qui nel retro, quando sua moglie è entrata all'improvviso nel negozio. Convinta che si trattasse di una cliente, le ho dato il benvenuto e l'ho raggiunta passando accanto alle due vetrine che avete visto anche voi poco fa; ma lei stava lì in piedi e non diceva niente. Probabilmente non riusciva a parlare per via del dolore. Stava passando qui davanti...».

«Da che direzione è arrivata?» la interruppe Asai, e lei per un attimo sembrò perdere il filo del discorso; poi però gli indicò la direzione con la mano e rispose: «Da sinistra». Anche Asai e Miyako erano arrivati da lì: la strada era leggermente in salita. Asai pensò che per una persona con problemi di cuore potesse essere faticosa, ma non era detto che fosse stata quella la causa del suo malore, forse era solo una coincidenza.

Fece cenno alla signora Takahashi di proseguire.

«Capisco. Perdoni l'interruzione, continui pure».

«Dunque sua moglie stava camminando e all'improvviso ha avuto un malore. L'idea di accasciarsi così, per strada, deve esserle parsa terribilmente sconveniente, quindi forse per un po' ha cercato di sopportare il dolore, ma quando ha visto il negozio è entrata. Come ha potuto notare, in questo quartiere ci sono quasi soltanto abitazioni private e l'unico negozio è il mio. Trattandosi di una profumeria forse si è sentita meno a disagio, e non ci ha pensato due volte».

Doveva essere andata proprio così. In una situazione di emergenza come quella, qualsiasi posto sarebbe andato bene, ma sicuramente per Eiko era stato più facile entrare lì vedendo che si trattava di un negozio di articoli femminili.

«Ho visto che la signora non stava bene e le ho chiesto cosa le fosse successo. Lei allora mi ha passato la sua borsetta facendo segno di guardarci dentro. Evidentemente voleva dirmi di aprirla, cercare nella sua agenda e avvisare qualcuno. E in effetti, quando ho aperto la borsa, ci ho trovato un taccuino con su scritto il suo nome e l'indirizzo».

Il quaderno degli *haiku*. Da quando aveva cominciato a comporre *haiku*, girava sempre con quel taccuino in borsa. Vicino al suo corpo, a casa, il padre di Eiko glielo aveva consegnato insieme alla borsetta.

«Sul momento non capii subito la gravità della situazione,» continuò la signora «ma poi vidi sua moglie accasciarsi premendosi il petto con entrambe le mani e pensai soltanto a sostenerla. Ero in preda al panico».

Miyako si asciugò gli occhi con il fazzoletto.

«Vedendola così pallida la trascinai sul retro, da dove si accede al salotto di casa mia, e la stesi sul *tatami*. Ma a quel punto aveva perso conoscenza e sembrava che soffrisse molto. Ero sola, sconvolta, e non sapevo cosa fare, quando una giovane studentessa che abita qui nelle vicinanze entrò per acquistare qualcosa. Così la pregai di correre a chiamare il dottor Ōhama... quello dell'ambulatorio di medicina interna che si trova poco più avanti».

Da quel punto in poi, Asai conosceva già la storia grazie al racconto di Miyako. Il dottor Ōhama era arrivato poco dopo, ma per Eiko era già troppo tardi. La signora Takahashi aveva aperto la borsa per cercare un recapito e aveva trovato l'agenda. Ora sapeva il nome e l'indirizzo, ma non il numero di telefono. Sull'elenco telefonico non c'era nessuna Asai Eiko. Il numero evidentemente era a nome del marito.

Se avesse controllato gli indirizzi degli svariati Asai presenti sull'elenco, confrontandoli con quello che era scritto sul taccuino sarebbe riuscita a risalire al numero telefonico, ma la signora Takahashi era così sconvolta che non le venne in mente di fare questo tentativo. Alla fine nel quaderno trovò il numero di qualcuno che poteva essere un conoscente e lo chiamò. Si trattava della maestra di *haiku*, che abitava a Horinouchi. Poi telefonò a casa di Eiko e le rispose Miyako, e questo spiegava il ritardo con cui era stata data la notizia.

Il racconto della signora Takahashi durò circa quaranta minuti, al termine dei quali Asai si convinse di conoscere ormai tutti i dettagli della morte di sua moglie.

«Più me ne parla e più mi sento in debito nei suoi confronti» tornò a scusarsi, chinando il capo. «Purtroppo proprio quel giorno mi trovavo a Kōbe per lavoro...».

«Deve essere rimasto sconvolto quando ha saputo... Una cosa così improvvisa... Ma sua moglie era già malata?».

«Malata non direi, aveva avuto qualche avvisaglia di un problema al cuore, ma molto lieve, tanto che neanche lei ci faceva caso. Altrimenti non se ne sarebbe andata in giro così tranquillamente».

«Sono desolata».

Miyako tirò fuori ancora una volta la busta con i trentamila yen. Asai e la padrona della profumeria scambiarono qualche altra parola, e alla fine la signora Takahashi si convinse ad accettare il dono.

«Non so davvero come ringraziarvi» disse con un profondo inchino.

Per tutto quel tempo non erano entrati clienti, e di altre persone neanche l'ombra. La signora Takahashi era da sola anche quando Eiko si era sentita male, e poi mentre la ragazza era corsa a chiamare il medico. Miyako non aveva visto nessuno nemmeno quando era andata a prendere Eiko in macchina insieme al padre.

Asai recuperò il cappotto e si avviò verso l'uscita, ma la signora Takahashi educatamente lo fermò e lo aiutò a indossarlo. Alle sue spalle sentì la fragranza delicata di un profumo costoso: non c'era da meravigliarsene.

«È pieno di magnifiche case da queste parti, vero?» disse, tentando di distogliere lo sguardo dai suoi grandi occhi neri.

«Sì. La mia profumeria è nell'edificio più piccolo, qui intorno». La donna accennò un sorriso e delle piccole rughe le affiorarono intorno agli occhi, sotto il trucco chiarissimo.

«Ma a quanto vedo i prodotti che vende sono tutti di eccellente qualità, proprio il genere che piace agli abitanti di questo quartiere» osservò Miyako.

«Sì, o almeno quella era la mia idea iniziale...».

Si salutarono un'ultima volta, quindi Asai uscì dal negozio.

«Da questa parte, Tsuneo. Dove vai?» lo chiamò Miyako, vedendo che si era avviato nella direzione opposta.

«Sì, sì, lo so, ma ho voglia di farmi un giretto. Ci sono tutte queste belle ville».

Passeggiare in quel quartiere così tranquillo e pieno di abitazioni eleganti forse lo avrebbe aiutato a distrarsi, pensò Asai, e convinse la cognata ad accompagnarlo.

Accanto alla casa moderna degli Hori ce n'era una in stile giapponese, con un pino in mezzo al giardino; sulla targa era scritto « Ishida ». Sul lato opposto della strada invece, da un muro in cemento spuntavano alti bambù, e il nome sul cancello era « Kobayashi ».

Camminando, Asai alzò lo sguardo verso la cima della salita e vide un'insegna al neon: « Villa Tachibana ».

# IV

Mentre camminava con Miyako, Asai continuava a riflettere. Perché il giorno in cui era morta Eiko si trovava lì? Non gli aveva mai parlato di quel quartiere.

Al rientro da Kōbe, dopo la notte passata in treno, aveva provato a chiederlo anche a Miyako.

« Mah... non lo so, per la verità pensavo che lo sapessi tu ».

« Non ne ho la minima idea. Quando è uscita tu eri già qui, vero? Eiko non ti ha detto dove andava? ».

« No. Mi ha soltanto detto che doveva fare compere a Ginza e poi passare a trovare dei conoscenti. Non ha specificato dove e io non gliel'ho chiesto ».

« Quindi Eiko conosceva qualcuno a Yoyogi? Le sue amiche di sempre le conosco anche io, ma mi pare che nessuna di loro abiti dalle parti di Yoyogi ».

« E se fosse qualcuno della scuola di *haiku*? Magari stava andando a fargli visita, oppure c'era già stata ed era sulla via del ritorno ».

« Quelle della scuola di *haiku* sono conoscenze piuttosto recenti, non ne so molto ».

« Vuoi che provi a chiedere alla maestra? Credo che verrà alla veglia funebre ».

Oltre a lei vennero anche cinque o sei allieve. La maestra era una signora elegante, dai tratti delicati e con una bella chioma bianca. Era la prima volta che Asai la incontrava, e notò che aveva la voce leggermente roca.

« La maestra Aoki ha detto che nessuno degli allievi della scuola vive da quelle parti » gli riferì Miyako, quando la maestra fu andata via. « Secondo lei è possibile che avesse un impegno a Yoyogi e che sia passata da quella strada per caso ».

Miyako non sembrava particolarmente interessata al motivo per cui la sorella si trovava proprio lì. In effetti le ragioni per prendere una strada anziché un'altra possono essere tante.

Eiko di solito usciva due volte alla settimana e, se era un po' che non andava fuori, poteva capitare che fossero due giorni di seguito. Mai di sera, perché si trattava per lo più di impegni legati alla scuola di *haiku*.

Quando Asai tornava dall'ufficio, accadeva che Eiko gli raccontasse quello che aveva fatto. Ma erano racconti piuttosto banali, e visto che a lui gli *haiku* non interessavano più di tanto, la ascoltava solo distrattamente – lo stesso valeva per il *kouta* e la pittura tradizionale. E poi le uscite di Eiko duravano tre o quattro ore al massimo, e quando lui rientrava in genere la trovava già a casa.

Ma dopo essere uscito dalla profumeria, mentre percorreva quella strada in salita, non poté fare a meno di chiedersi nuovamente perché Eiko si trovasse proprio lì. Adesso che era lì anche lui, quella vaga sensazione che ci fosse qualcosa che non tornava era riaffiorata.

Su entrambi i lati della strada si susseguivano grandi edifici, alcuni d'epoca, altri di recente costruzione. L'unico negozietto che incontrò dopo la profumeria della signora Takahashi fu una latteria.

Dunque Eiko aveva percorso quello stesso tragitto, proprio come lui e Miyako. Guardò la strada davanti a sé, l'asfalto luccicava sotto i raggi del sole. Miyako lo seguiva a pochi passi di distanza.

In cima alla salita, la strada curvava verso sinistra. Da quel punto partiva una discesa ripida. Lì le case erano più piccole, e sembravano accalcarsi una sull'altra lungo il pendio. Si vedeva una fila di tetti che si crogiolavano al sole, mentre dal recinto di un giardino abbandonato spuntavano i rami fioriti di un gracile pesco. La strada era un continuo alternarsi di salite e discese.

Giunsero a un incrocio. All'angolo, sulla destra, c'era quella che sembrava essere la facciata principale di Villa Tachibana, che avevano visto poco prima. Alla luce del giorno l'insegna al neon, col suo profilo arrugginito, appariva tristemente abbandonata sul tetto.

L'edificio era circondato da un lungo muro in cemento, dietro il quale crescevano numerosi alberi sempreverdi. C'erano anche alcuni susini ancora fioriti. Si vedeva un edificio a due piani in stile giapponese e uno a quattro piani in stile occidentale. L'ingresso era arretrato rispetto alla strada, il cancello era fatto di robusti tronchi di cedro dalla corteccia scura e tra il muro e il cancello c'era uno steccato di bambù. Un vialetto di pietrisco, bordato da ciottoli scuri e due file di azalee, conduceva verso l'interno e il tutto era illuminato da lanterne, anch'esse di pietra. Il fogliame del bambù celava l'ingresso alla vista. Sia l'edificio che il giardino avevano un'aria elegante. Più avanti il muro si interrompeva, forse per consentire l'accesso a un parcheggio.

Bastava un'occhiata per capire che tipo di clientela frequentasse un *ryokan* come quello. Oltre l'incrocio, in alto, sulla destra, c'era un'altra grande insegna al neon che annunciava la presenza di uno stabilimento termale.

Chiedendosi in che razza di luogo era finito, Asai si voltò indietro. Miyako, che evidentemente aveva intuito che genere di albergo fosse, camminava a testa bassa tenendosi a distanza. Asai fu sul punto di chiamarla ma poi lasciò stare, e proseguì lungo quel ripido pendio, così simile al famigerato passo di Hiyodori.[1]

1. Ripido valico di montagna poco distante da Kōbe dove, nel 1184, si combatté una leggendaria battaglia tra i clan rivali dei Taira e dei Minamoto [*N.d.T.*].

Udì il motore di un'automobile alle sue spalle. La strada era stretta e ripida, e Asai e Miyako dovettero farsi da parte. Li superò una macchina bianca di media grandezza, a due porte. Alla guida c'era un uomo di mezza età con un giubbotto di pelle, e accanto a lui una giovane donna con un cappotto rosso gli teneva un braccio intorno alle spalle. Ad Asai venne subito in mente il parcheggio di Villa Tachibana.

Quel lunedì, in tarda mattinata, mentre percorreva uno dei corridoi del ministero con alcuni documenti in mano, Asai incrociò il capo di gabinetto Shiraishi. Erano proprio di fronte alla segreteria, che quel giorno era stranamente silenziosa, perché non c'erano in giro industriali venuti a presentare le loro richieste.

Asai si fermò, in attesa che il capo lo notasse, e finalmente la figura massiccia di Shiraishi gli si avvicinò.

« Come va? » disse, esibendo un'aria comprensiva. « Immagino che in questi giorni tu ti senta molto solo... ».

Shiraishi era andato a porgergli le condoglianze e Asai aveva intenzione di fargli visita per ringraziarlo dopo la cerimonia del quarantanovesimo giorno. Anche se lo aveva già fatto quando si erano incontrati in ufficio, al suo rientro.

« Sì... È stata una cosa così improvvisa, e poi mia moglie non era malata. Non riesco ancora a crederci ».

« Certo, posso immaginare... ».

Era evidente che aveva delle questioni urgenti da sbrigare. Anzi, che si era imbattuto in Asai nel momento meno opportuno. Ma data la natura della conversazione, non poteva cavarsela con qualche parola di circostanza: aveva proprio l'aria di uno che si sente in trappola.

« La ringrazio di cuore per il suo interessamento... Se adesso vuole scusarmi » disse Asai con un inchino.

« Cerca di tirarti su, mi raccomando ».

« Grazie ».

Il capo di gabinetto si avviò per il corridoio a grandi passi.

Asai aspettò che si fosse allontanato, poi si voltò. Lo vide davanti all'ascensore che fissava la pulsantiera. Come sempre quando era solo, Shiraishi gli parve una nullità. Se quando era circondato da dipendenti e lacchè faceva la sua figura come capo di gabinetto, era perché ce la metteva tutta per dare quell'impressione. Invece accanto al vicesegretario o al ministro e, soprattutto, quando era da solo, aveva un'aria sprovveduta, certo non di qualcuno su cui fare affidamento. Un'aria non molto diversa da quella di un qualsiasi custode del ministero. In fondo chiunque avrebbe potuto fare il suo lavoro. Bastava frequentare le scuole giuste, farsi assumere e finire nel gruppo dei raccomandati. Dopodiché ci si doveva solo mantenere a galla in mezzo alle varie correnti.

Asai rientrò in ufficio e dopo circa un'ora qualcuno si avvicinò alla sua scrivania accennando un inchino. Era Yagishita, della cooperativa di Kōbe.

« Buongiorno, Asai ».

Diversamente dal solito, aveva un'espressione compunta, un po' per via della disgrazia capitata ad Asai, un po' perché era la prima volta che si vedevano da quella sera.

« Ciao, quando sei arrivato? » domandò Asai facendo ruotare la sedia. Per qualche motivo gli tornò in mente il viso di Shiraishi.

« Poco fa, alle undici ».

Con il suo accento del Kansai, Yagishita gli porse le condoglianze e i saluti di rito.

« Grazie, ho apprezzato molto il tuo interessamento... Ti va di scendere a bere qualcosa? ».

« Sì, se non sei troppo occupato volentieri ».

Scesero alla mensa al piano terra. Per via dell'orario non c'era quasi nessuno del ministero, anche se alcuni tavoli erano occupati da industriali e impiegati.

« È successo tutto così all'improvviso, non so che dire » ripeté ancora una volta Yagishita a capo chino, prima di mettersi a sedere.

«A proposito, ti ringrazio per tutto il disturbo che ti sei preso in quella circostanza».

Yagishita aveva incaricato il direttore della succursale della sua azienda, a Tokyo, di partecipare alla veglia funebre al posto suo. E la busta che aveva fatto recapitare conteneva cinquantamila yen.

«Figurati. Sarei venuto di persona, ma avevo degli impegni che mi è stato impossibile rinviare... Oggi sono passato di qui perché il nuovo stabilimento sta per aprire, quindi c'è un po' da fare... Ma scusa se continuo a parlare dei fatti miei».

«Ah, sì? Ti riferisci allo stabilimento di Higashi-Murayama, qui nei dintorni?».

«Sì. Fortunatamente ci siamo quasi».

Yagishita aveva acquistato un piccolo salumificio a Higashi-Murayama, vicino a Tokyo, e l'aveva rimesso a nuovo. Sarebbe diventato la filiale della sua azienda nella capitale. Asai l'aveva aiutato a ottenere tutti i permessi.

«Abbiamo terminato di installare i macchinari e di ampliare la sede, l'ispezione è andata bene e credo che fra tre giorni saremo operativi».

«Congratulazioni. In quanti ci lavoreranno?».

«Dieci operai arriveranno da Ōsaka, poi abbiamo assunto venti di quelli che c'erano già e per il resto cercheremo».

«Sei proprio uno che sa il fatto suo, eh?».

«Ma che dici? Sai bene che in questo settore la concorrenza è feroce e non escludo che aprire a Tokyo sia stato un azzardo».

«Hai da fare stasera?».

«Purtroppo sì, ho già un impegno» rispose Yagishita, visibilmente a disagio. Ad Asai tornò di nuovo in mente l'immagine di Shiraishi fermo ad aspettare l'ascensore.

«A proposito, Yagishita. Com'è andata a finire a Kōbe dopo la mia partenza?» domandò girando il caffè col cucchiaino.

«Dopo che te ne sei andato? Sapessi, è successo di tutto. Quando ho raccontato che era venuta a mancare tua moglie sono rimasti tutti a bocca aperta. Hanno detto che era proprio da te non fare parola di una disgrazia del genere e mantenere quel contegno fino alla fine. Erano pieni di ammirazione» rispose Yagishita gesticolando con entrambe le mani.

«Ma figurati, non ho fatto niente di speciale».

Asai bevve un sorso di caffè, e il tono della sua voce cambiò leggermente.

«Non intendevo quello... Volevo sapere com'era andata a finire la storia del capo. Tutto a posto?».

«Ah, ho capito...» disse Yagishita guardandolo ammiccante e facendo un segno con il mignolo, a significare che c'erano donne di mezzo. «Tutto come previsto, non ti preoccupare» aggiunse sornione.

Asai ripensò alla ragazza che sedeva di fronte a Shiraishi. A giudicare dal fatto che Yagishita non aveva dovuto fare nessuna fatica, evidentemente era una che si concedeva con disinvoltura; comunque per Shiraishi gli sembrava sprecata.

«Asai,» lo chiamò Yagishita, facendolo riemergere dai suoi pensieri «credi che il capo di gabinetto tornerà presto in Kansai?».

«Non lo so. È appena rientrato» rispose Asai, ma poi capì che l'altro sapeva qualcosa. «Ti ha detto che vuol tornare?».

«No, non è stato così esplicito, è solo una mia supposizione».

«Quindi si è trovato bene a Kōbe...».

Yagishita sorrise. «Sembrerebbe di sì. Noi industriali ne siamo onorati, e ci farebbe piacere ricevere presto un'altra sua visita».

«Be', allora dovete inventarvi qualcosa, dargli un buon motivo per tornare».

«Noi faremo il possibile, ma dipende anche da lui. E se tu potessi preparare il terreno...».

«Se lui è ben disposto non sarà difficile».

«Ma tu verrai con lui, vero?».

«Io? Non lo so, sono già venuto l'altra volta. Forse manderanno un altro. Ci sono altri capiufficio, direttori, vicedirettori... Tutti potenziali candidati».

«Vorrà dire che la cooperativa chiederà espressamente che sia tu ad accompagnarlo. In fondo Shiraishi ti conosce già. Eri con lui alla cena, e poi sa che c'è anche il tuo zampino nella storia della ragazza, gliel'ho detto io».

«Glielo hai detto?» domandò Asai abbozzando un sorriso.

«Se non lo avessi fatto si sarebbe sentito a disagio».

«Ah sì?».

«Ma certo. E poi così ha capito che sei uno che non lascia nulla al caso, avrà avuto sicuramente un'ottima impressione di te».

«Grazie, hai pensato proprio a tutto».

«Sarai certamente il primo che gli verrà in mente quando dovrà scegliere qualcuno da portare con sé. E noi, da parte nostra, faremo del nostro meglio perché ciò accada».

Prima che Asai potesse rispondergli, Yagishita gli si avvicinò.

«Signor Asai, perché nel frattempo non vieni a distrarti un po' a Kōbe? Non arrabbiarti, non vorrei che ti sembrasse una proposta inopportuna, a così poca distanza dalla scomparsa di tua moglie».

Asai non disse nulla.

«Chissà quanto passerà prima della prossima trasferta ufficiale, mi dispiace che l'altra volta te ne sia dovuto andare prima che cominciassimo a divertirci un po'».

«Grazie, ci penserò».

«Qui sei sotto gli occhi di tutti, invece a Kōbe non ti conosce nessuno. E poi non è come passare la notte con una donna incontrata in un ristorante o nel tuo albergo: vai in macchina fino a un *ryokan* fuori mano e nessuno lo saprà mai».

«E ci sono molte locande di quel genere a Kōbe?».
«Sì, eccome. Suma e Akashi, per esempio, sono piene di *ryokan* appartati. Ci si può andare anche di giorno».
«E tu ci vai?».
«No, solo di sera...». Nella mente di Asai, l'immagine di Villa Tachibana si sovrappose al sorrisetto di Yagishita.

# V

Non fu soltanto il discorso di Yagishita sugli alberghi equivoci di Kōbe a suscitare in lui quel pensiero. Dopo la morte della moglie, era come se una strana sostanza sconosciuta si fosse insinuata nella mente di Asai. Da quando poi, la domenica precedente, era passato insieme a Miyako nelle vicinanze di Villa Tachibana, un frammento di quella sostanza sembrava essersi staccato dal suo cervello e fluttuare nel fondo dei suoi occhi come un'ombra. E alle parole di Yagishita quell'ombra si era addensata, aveva acquistato consistenza, e ora si agitava come un insetto nero davanti ai suoi occhi.

Eiko soffriva di cuore. Ma il suo problema, nella normale vita quotidiana, non destava alcuna preoccupazione. Purché evitasse gli sforzi, non aveva alcun sintomo, tanto che lei stessa a volte se ne dimenticava. Per Eiko era rischioso soltanto mettersi a correre, sollevare pesi, andare in collera, subire traumi o avere rapporti sessuali. Glielo aveva detto il medico e ci prestava molta attenzione anche lei.

Quella strada era in salita, ed Eiko evitava le salite. Si prendeva cura del proprio cuore. Asai ne era sicuro. Ma perché allora quel giorno era andata fin lassù? Chiyoko, la proprietaria della profumeria, l'aveva vista arrivare tutta pallida proprio da lì.

Eiko non gli aveva mai parlato di quel posto. In genere gli raccontava delle sue uscite senza che lui avesse bisogno di chiederglielo, ma non aveva mai nominato quel quartiere. Era la prima volta che ci andava? O c'era stata altre volte e glielo aveva tenuto nascosto?

Forse Eiko aveva un segreto, e forse il suo segreto spiegava perché si fosse avventurata lungo quella strada in salita, in cima alla quale si vedeva l'insegna al neon dell'albergo. Se era lì che era diretta non avrebbe avuto alternative, era l'unico modo per arrivarci.

Quando usciva, Eiko restava fuori per tre o quattro ore. Due volte alla settimana, tre al massimo. E non andava sempre dalla maestra di *haiku* a Suginami. Capitava che facesse visita ad amiche e conoscenti della scuola, o che se ne andasse a passeggio in cerca di ispirazione. Era così abituato a quel genere di racconti che ormai non la stava neanche più a sentire, anzi gli erano venuti a noia, mentre adesso si rendeva conto che tre o quattro ore erano un tempo più che sufficiente per incontrarsi con un amante.

Dalla comparsa di quell'insetto nero, Asai aveva cominciato a sfogliare il taccuino di Eiko alla ricerca di qualche indizio, ma nessuna delle sue poesie sembrava offrirgli spunti. Subito prima di morire, Eiko aveva indicato quel taccuino a Chiyoko, facendole capire che lì avrebbe trovato l'indirizzo di qualcuno a cui rivolgersi.

Di indirizzi ce n'erano, ma appartenevano tutti a persone che aveva conosciuto alla scuola di *haiku*, persone a lui già note, nessuna delle quali destava il benché minimo sospetto. Né i componimenti alludevano a una qualche vicenda amorosa. Erano versi del tutto tradizionali, descrizioni realistiche della natura, niente di più. E nemmeno i luoghi descritti ricordavano la zona di Yoyogi. Eppure la chiave del mistero doveva trovarsi proprio lì.

Tuttavia, se anche la sua supposizione si fosse rivelata giusta, Asai non aveva la più pallida idea di chi potesse essere l'amante della moglie. Quale uomo avrebbe potuto infiammarla al punto da farle dimenticare che era malata di cuore? In sette anni di matrimonio, Asai non aveva mai avuto l'impressione che Eiko provasse interesse per altri uomini. Era una donna mite, non parlava mai di questioni sentimentali, non leggeva romanzi rosa perché non le piacevano. Le storie d'amore non l'avevano mai appassionata, nemmeno alla televisione, e quando erano in programmazione lei si affrettava a cambiare canale o a spegnere l'apparecchio.

Ma non era interessata neppure al lavoro del marito. Non gli aveva mai chiesto di cosa si occupasse di preciso, né era mai entrata nel merito dei suoi impegni. Anche quando si assentava a lungo per lei non era mai un problema, non gli chiedeva nulla né del luogo in cui andava, né dei motivi per cui ci andava, né con chi. La sola cosa che voleva sapere era quando tornava, in modo da fargli trovare tutto in ordine. E se la sera rientrava tardi non gli faceva certo il terzo grado.

Eiko inoltre non amava le occasioni in cui era costretta a stare in compagnia delle mogli di colleghi e superiori. Anche se non lo fanno volentieri, in genere le donne si sforzano per aiutare i mariti. Dalle mogli dei superiori, in particolare, ci si deve far benvolere anche a costo di adularle, ma Eiko non ci provava nemmeno. Era fatta così. In compenso non sembrava granché interessata neanche alle prospettive di carriera del marito.

E quando una donna si disinteressa della carriera del proprio uomo, è lui che deve trovare la motivazione dentro di sé. Era anche una questione di carattere: Asai era convinto di potercela fare. Meno la moglie lo incoraggiava e più lui si sentiva determinato nella sua battaglia solitaria. Al contrario, se la moglie gli avesse fatto sentire una pressione eccessiva, se si fosse mostrata troppo incalzante o troppo protettiva, lui avrebbe finito per adagiarsi. Aveva visto tanti uomini fare quella fine.

Una donna premurosa non è necessariamente una donna innamorata, così come a un apparente disinteresse non corrisponde per forza un sentimento tiepido. Ogni donna è diversa dall'altra. Non sempre il modo di agire riflette i sentimenti. Dopo sette anni di matrimonio, il rapporto tra marito e moglie diventa qualcosa di naturale, a cui non si fa più caso, come l'aria che si respira. E perfino le donne più interessate alla carriera dei mariti, non per questo capivano meglio il loro lavoro. Asai l'aveva sempre pensata così.

Che una donna cercasse di ritrovare la passione ormai svanita dalla sua vita coniugale dandosi a un altro uomo, Asai lo aveva letto nei romanzi, nella posta del cuore delle riviste femminili o nelle lettere ai quotidiani, ma non aveva mai immaginato che potesse capitare a lei.

Ma, riflettendoci, qualche indizio poteva esserci. Forse l'atteggiamento di Eiko lo aveva reso troppo indifferente. Se le avesse prestato più attenzione, magari lei sarebbe stata meno passiva, avrebbe lasciato che la passione sopita da qualche parte dentro di sé venisse allo scoperto. Forse non era stato un buon marito. Si era tenuto a distanza, preoccupandosi troppo del cuore di Eiko. Le raccomandazioni del medico erano semplice routine, doveva pur esserci un modo per continuare ad avere un'intimità con sua moglie. Se avessero consultato altri medici poteva darsi che quel modo l'avrebbero trovato.

Eiko non avrebbe mai fatto il primo passo, non era così intraprendente. Era stato così fin dall'inizio, e lei non avrebbe fatto nulla per modificare o eliminare quello che era ormai uno stato di fatto. Forse le mancava il coraggio. L'abitudine a quella vita di coppia così castigata doveva aver costruito una sorta di corazza in cui lei si era rinchiusa.

Un altro uomo era riuscito a rompere quella corazza, a vincere la ritrosia che Eiko aveva sempre mostrato nei confronti del marito, e lei si era trasformata.

Ad Asai tornò in mente una conversazione avuta con il suo medico.

«Le malattie cardiache non hanno ripercussioni dirette sulla vita quotidiana, per questo si tende ad abbassare la guardia. Voglio raccontarle una storia. Un mio amico, un medico malato anche lui di cuore, stava andando a visitare un paziente quando la sua auto finì con una ruota in un fosso pieno di fango. Uscito dall'auto cercò con tutte le forze di sollevarla, ma gli venne un infarto e morì sul colpo. Era un medico, eppure si era dimenticato di soffrire di cuore. Bisogna fare molta attenzione».

Quale uomo era riuscito a infiammarla al punto da farle dimenticare la sua malattia? Chi l'aveva colpita così profondamente da paralizzarle il cuore?

Asai intuì che se Eiko non leggeva romanzi rosa, se non guardava le storie d'amore alla televisione, non era perché non le piacessero. Le evitava di proposito. Non voleva che facessero affiorare delle emozioni che cercava in ogni modo di soffocare. Ed era riuscita a fargli credere che non le interessassero.

Aveva studiato canto e pittura, dunque non mancava di sensibilità. E se li aveva abbandonati, se non riusciva mai a portare avanti niente era perché non poteva lasciarsi veramente andare ai suoi desideri. Il canto suscitava in lei emozioni profonde, il disegno la costringeva all'immobilità, invece per rappresentare in versi la bellezza della natura doveva uscire: forse era questa l'occasione che Eiko aspettava.

Quell'uomo doveva essere arrivato dopo che lei aveva iniziato a comporre *haiku*. Non più di due anni prima.

Asai continuava a fare le sue supposizioni. Ma non riusciva a rispondere a una domanda: perché Eiko aveva affrontato quella salita *a piedi*? Perché non farsi accompagnare in automobile, o prendere un taxi?

Quando lui quella domenica aveva percorso insieme a Miyako la strada che conduceva in cima alla salita, tutte le coppie che uscivano dall'albergo, o che sembravano in procinto di entrarci, erano a bordo di un'automobile – il modo più naturale di entrare e uscire da un posto del genere. Chiunque avrebbe cercato di non farsi vedere in faccia. E quella era la maniera migliore per passare inosservati.

Inoltre Eiko detestava le salite. Perché mai avrebbe dovuto imboccare quella strada?

Asai trascorse giornate intere immerso in questi pensieri, a rimuginare sui suoi dubbi. Non solo a casa, ma anche in ufficio. Esaminava documenti, scriveva bozze di progetti, impartiva ordini e si consultava con gli altri dirigenti, riceveva visite di imprenditori, partecipava a riunioni, spostandosi da un ufficio all'altro, ma nonostante tutto quei pensieri non lo abbandonavano mai.

Finché a un certo punto quelle vaghe supposizioni si condensarono in una teoria. Come certi liquidi che a forza di essere rimescolati si solidificano.

Perché non poteva essere andata così?

Mettiamo che Eiko si trovasse con un uomo in un albergo quando ha avuto l'infarto. Come può aver reagito lui in quella situazione? Poteva forse chiamare un medico trovandosi in un albergo a ore? La sua identità sarebbe stata subito scoperta perché, trattandosi di una malattia grave, non avrebbe certo potuto cavarsela presentandosi al medico sotto falso nome.

La prima cosa da fare, per garantirle le cure di un dottore, era allontanarsi dall'hotel. L'uomo si era quindi affrettato a chiamare un taxi e con il suo aiuto Eiko era salita a bordo. Ma le cose dovevano essere peggiorate all'improvviso. Allora forse era stato necessario far scendere Eiko a metà strada. Poco più giù del negozio della signora Takahashi. Questo poteva spiegare il fatto che fosse entrata nella sua profumeria arrivando da sinistra.

Probabilmente l'uomo vedendola in fin di vita era stato preso dal panico. Avrebbe dovuto capire che non c'era nemmeno un istante da perdere, e portarla in taxi fino all'ospedale. Se non l'aveva fatto era perché sapeva che lì inevitabilmente gli avrebbero chiesto i documenti, e non sarebbe più potuto andare via.

Sicuramente era stato il panico che lo aveva spinto a far scendere Eiko da quel taxi. Avrebbe potuto bussare alla casa più vicina e chiedere aiuto. A quel punto qualcuno si sarebbe certamente occupato di lei e avrebbe chiamato un'ambulanza. Questa era la soluzione migliore per l'uomo. Se la sarebbe cavata senza correre rischi e nessuno avrebbe saputo chi era. Eiko stava troppo male per poter parlare...

L'indagine di Asai partì da Villa Tachibana.

Quel pomeriggio uscì dall'ufficio, andò a farsi un bicchiere in un ristorante di *oden*, poi si diresse in taxi verso Yoyogi. Lungo la salita gettò un'occhiata alla profumeria, ma nonostante le luci accese all'interno non si vedeva nessuno, nemmeno Chiyoko. Anche Miyako era incuriosita da quella donna. Chissà se viveva davvero da sola. Il fatto che lasciasse il negozio incustodito faceva pensare che non avesse familiari che potessero aiutarla. Né si vedevano clienti. Gli affari non parevano andare a gonfie vele. Vendere soltanto cosmetici, o altri prodotti di lusso, confidando nel tipo di clientela che abitava in quel quartiere era stata una scelta piuttosto ingenua. Come di una vedova che, alla morte del marito, decide di mettere in piedi un'attività per conto suo senza saperne niente. Miyako sembrava dare per scontato che Chiyoko fosse vedova e per questo si era interessata a lei. Forse nella sua testa la vedeva già insieme al cognato.

File di grandi case scure costeggiavano entrambi i lati della strada.

Scese dal taxi davanti al cancello. Sul tetto la solita insegna rossa al neon. La scritta « Villa Tachibana » splendeva solitaria nel buio pesto.

Varcò il cancello e, dopo aver percorso il vialetto, vide una lanterna di pietra. Procedette lungo il perimetro del giardino pensando di arrivare alla porta d'ingresso dell'albergo, invece si ritrovò davanti a un muro. Da quel punto il vialetto si biforcava.

Mentre indugiava, incerto su quale direzione prendere, una domestica uscì e gli andò incontro. Fece un inchino e guardò alle spalle di Asai. Evidentemente si aspettava di vedere una donna.

«Avete stanze libere?».

«Sì. Preferisce l'edificio all'occidentale oppure quello in stile tradizionale?».

«È indifferente».

«Prego, si accomodi».

La domestica gli fece strada e girò a sinistra. Il giardino era pieno di piante.

Lo condusse in una stanza spaziosa, di otto *tatami*. A dividere la zona giorno dalla camera da letto c'era un *fusuma* decorato con motivi di onde e uccelli.

Nel *tokonoma* erano esposti una stampa e un piccolo vaso di fiori, le pareti erano color ocra, in un angolo c'erano un televisore e un telefono. Asai si sedette accanto al tavolino laccato mentre la domestica si fece da parte e si inginocchiò poggiando le mani a terra.

«Si accomodi... La raggiungerà qualcuno?».

«No». Asai accennò un sorriso. «Non aspetto nessuno, sono solo».

«Ah». La domestica non sembrava molto sorpresa. Era una risposta che di tanto in tanto le capitava di sentire. Così mise subito le mani avanti: «Mi spiace, ma noi non possiamo procurarle quel genere di compagnia...».

«No, la prego, non mi fraintenda. Non è per quello che sono venuto. A dire il vero, avrei un favore da chiederle».

La donna lo guardò con aria interrogativa. Adesso sembrava davvero sorpresa.

«È piuttosto imbarazzante, ma vede... vorrei farle una domanda... La prego, si avvicini un momento».

La donna, sulla quarantina, piuttosto robusta, indossava un grembiule violetto. Sempre restando in ginocchio si fece un po' più avanti.

« Non è una cosa facile... Ma lasci che gliela dica senza girarci intorno. Ecco, vede, mia moglie se n'è andata di casa due settimane fa. Con il suo amante, uno che non conosco ».

La donna lo fissava senza dire niente.

« Il fatto è che ho motivo di pensare che frequentassero da tempo questo albergo. Per via di questi fiammiferi, vede? Questi qui vicino al posacenere. Ne ho trovato un pacchetto uguale nella sua borsa ».

L'altra non rispose.

« Ho due figli piccoli. Se sono venuto a cercare notizie su di lei, mettendo da parte la vergogna che provo per essere stato abbandonato così, è solo per quei due bambini che adorano la madre. Farei qualsiasi cosa pur di riportarla a casa. Ma per ora non ho nessun appiglio, e per discrezione preferisco non rivolgermi alla polizia. Ho pensato che qui avrei potuto almeno scoprire a che genere d'uomo si accompagna mia moglie. Sapere qualcosa di lui mi aiuterebbe a farmi un'idea... Dimenticavo: ho qui una fotografia di mia moglie ».

Messa da parte l'umiliazione, il marito tradito tirò fuori dalla tasca una foto della moglie e la passò alla domestica.

« Come potrà capire, non posso dirle il mio nome ».

# VI

Gli uomini abbandonati dalle mogli tendono ad attirare la compassione delle donne. E le cameriere di certi alberghi, che a lavoro assistono quotidianamente all'infedeltà coniugale, specie alla fine del loro turno sono ancora più inclini a prendere le parti del marito tradito. Per loro è una sorta di rivalsa: addestrate a fingere di non vedere la condotta licenziosa delle altre donne, finiscono per mettere da parte l'indignazione e anche ogni traccia di gelosia o risentimento.

La cameriera fissò per qualche istante la fotografia, poi sollevò lo sguardo e disse: «È un volto che non mi pare di avere mai visto, ma dovrei chiedere alle altre. I turni cambiano e può capitare di non incontrare qualche ospite».

«Certamente, chieda pure alle sue colleghe».

«Ne è sicuro?».

La donna ebbe un attimo di esitazione. Come se l'idea di rivelare ad altre persone un fatto così privato la imbarazzasse, anche se si capiva benissimo che non vedeva l'ora di raccontarlo a tutte.

«Non si preoccupi, lo chieda pure, in fondo è per questo che sono venuto... L'importante è che non si sappia fuori da qui».

Dal tono di Asai trapelava tutto il suo disagio.

«Naturalmente. Con il lavoro che faccio so tenere un segreto. Può stare tranquillo» lo rassicurò la donna.

«Proceda pure, allora».

«Era bella, sua moglie» sospirò la cameriera dando un altro sguardo alla fotografia.

«Lo crede davvero?».

Non aveva mai pensato che Eiko fosse veramente bella, ma era fotogenica e in quella posa era venuta al suo meglio. Appariva più giovane, aveva un viso fresco e un'aria decisamente alla moda.

«E sembra anche una persona riservata».

«La consideravo una moglie esemplare».

«Devono averla proprio stregata... Altrimenti, una donna che ha anche dei figli...».

«Secondo lei una donna perbene cede più facilmente a queste tentazioni?».

«Forse, non saprei, ma ne vediamo spesso di donne così...».

«Le sembrerà strano sentirlo dire proprio da me, che sono stato abbandonato, ma mia moglie non aveva mai avuto neanche degli amici uomini, e non sembrava per nulla interessata a questo genere di cose».

«Già. Il problema potrebbe essere stato proprio quello, non crede?».

«Cosa intende dire?».

«Le donne che sono abituate ad avere normalmente rapporti di amicizia con gli uomini non hanno motivo di stare in guardia, capiscono subito quando qualcuno cerca di ingannarle, e non ci cascano quasi mai. Naturalmente quelle che vanno in cerca di avventure sono un'altra storia».

Asai ascoltava in silenzio.

«Invece quelle che non hanno amici uomini... ma non mi fraintenda, voglio dire semplici amici, niente di più... sono abituate a nascondere i propri sentimenti e alla prima occasione quello che si sono tenute dentro viene fuori».

In altre parole, secondo la cameriera, le donne introverse, abituate a controllare le proprie emozioni, erano più facile preda degli inganni maschili. Asai ripensò al suo tranquillo rapporto con Eiko – «naturale come l'aria che si respira» – e quello che diceva la cameriera tutto sommato poteva anche applicarsi al loro caso.

«Forse sua moglie era abituata a trattare gli uomini con troppa diffidenza» proseguì la donna, forte dell'esperienza accumulata in tanti anni di lavoro. «Forse è stata troppo prudente, e alla fine questo l'ha resa più fragile. Chi non si fida degli uomini in fondo non li conosce. Si convince che siano fatti in un certo modo, poi ne incontra uno che non è come si aspettava e abbassa la guardia. Oggi gli uomini ne sanno una più del diavolo».

È la diffidenza innata di certe donne che genera in loro immagini stereotipate degli uomini. Gli «uomini cattivi» sono il frutto dell'immaginazione di donne inesperte. Dunque, sempre secondo la cameriera, un uomo, con qualche trucchetto e un po' di esperienza, può manipolare i sentimenti di una donna e demolire le sue difese. Era quello che doveva essere capitato a Eiko.

Quella donna non stava ripetendo cose lette qua e là su qualche rivista, si capiva che le aveva imparate sul campo. Asai trovava convincente quello che aveva detto.

«E che succede quando una donna sposata s'invaghisce di un uomo simile?».

La domestica abbassò lo sguardo, ma sulle labbra serrate aleggiava un impercettibile sorriso.

«All'inizio non è contenta di venire qui. È sposata, quindi si sente in colpa, è incerta, impaurita. Poi però si abitua, si tranquillizza, e alla fine è lei a condurre il gioco. Diventa sempre più spudorata, quasi irriconoscibile. Arrivata a quel punto la donna è dominata dalla passione per il suo amante, ne è quasi ossessionata. Allora non è raro che la coppia venga qui anche in pieno giorno.

Trattandosi di donne sposate, per loro è anche una soluzione più comoda».

Quelle ultime parole della cameriera colpirono nel segno. Non c'era traccia di ironia, erano dirette, sincere. Asai riconobbe immediatamente lo schema del comportamento di Eiko. Usciva due o tre volte alla settimana, sempre di giorno. L'unica cosa a cui doveva fare attenzione era di essere a casa prima che il marito tornasse.

«Ma perché queste coppie non cambiano albergo? L'uomo, e soprattutto la donna, non dovrebbero evitare di farsi vedere dalle stesse cameriere, che potrebbero riconoscerli?».

«Forse per i giovani è diverso, ma a partire da una certa età non si ha tanta voglia di andarsene in giro» rispose la donna con l'aria di chi la sa lunga. «Cambiare albergo significa farsi vedere da molte più persone. Lei non cercherebbe di evitarlo?».

«In effetti è così...».

«E poi col passare degli anni si tende ad affezionarsi anche agli alberghi».

Asai fu lasciato da solo nella stanza ad aspettare. Nel frattempo una domestica più giovane venne a portargli del tè e una fetta di torta. Non aveva ordinato nulla, ma lei disse che offriva la casa. Capì che l'intero albergo era solidale con lui, il marito abbandonato. Gli sembrava quasi di sentire le voci delle cameriere che lo compativano. Era imbarazzante ma doveva sopportarlo, perché la sua indagine non poteva che trarne beneficio.

Dopo circa tre quarti d'ora la prima domestica tornò insieme a una collega più anziana, con indosso lo stesso grembiule viola.

«Ho appena saputo quello che le è successo, mi dispiace davvero» disse la donna con il tono di chi porge le proprie condoglianze, dopo essersi presentata come la capocameriera.

«Abbiamo mostrato la fotografia di sua moglie alle altre ragazze, ma dicono tutte di non ricordarsela. A quanto pare, sua moglie *qui* non è mai venuta. E tra di noi c'è chi è pronta a giurare di non dimenticarsi mai un ospite dopo averlo visto anche solo una volta».

La domestica sulla quarantina restituì la fotografia ad Asai. Non aveva motivo di pensare che mentisse. Non dopo la conversazione che avevano avuto poco prima.

«Capisco. Quindi non è questo l'hotel che frequentava».

Venuta meno la certezza che Eiko fosse stata in quell'albergo, Asai provò un senso di delusione, ma allo stesso tempo anche di sollievo.

«Quindi sua moglie aveva dei fiammiferi del nostro albergo?» gli domandò la domestica più anziana.

La storia dei fiammiferi era inventata, ma ormai non poteva più tornare indietro. Così si limitò a precisare: «A dire il vero questi fiammiferi, qui sul tavolo, mi hanno ricordato un pacchetto che le ho visto una volta nella borsa... ma in effetti non l'avevo guardato da vicino. E a pensarci bene non sono neanche così sicuro che fosse uguale a quelli del vostro albergo... Ma il fatto è che c'è un testimone che ha visto mia moglie camminare lungo la salita che porta fin qui. Ecco perché ho pensato che fosse venuta da voi».

Le due donne si guardarono. Poi la capocameriera disse: «Non ci siamo solo noi nei paraggi. Ci sono almeno altri due alberghi. Uno, il Midori, è proprio qui accanto. L'altro è un po' più distante, si chiama Hotel Mori. Al Mori però si arriva più rapidamente facendo un'altra strada, quindi se sua moglie percorreva questa salita forse stava andando al Midori».

Asai decise di seguire questa pista, continuando a impersonare il suo ruolo di marito abbandonato che va in giro per alberghi a mostrare alle cameriere la fotografia della moglie infedele: una parte a dir poco umiliante. Ma era disposto a sopportare queste umiliazioni pur di raggiungere il suo scopo.

«Scusate per il disturbo» disse con gratitudine.

«Nessun disturbo. Stia su col morale, lo faccia per i suoi bambini. Vedrà che a un certo punto sua moglie sentirà nostalgia di loro e tornerà».

Con queste parole di conforto, le due cameriere lo accompagnarono all'uscita.

Fuori dall'albergo si fermò un attimo in cima alla salita. La strada, costeggiata da grandi ville su entrambi i lati, era completamente buia. In fondo i bagliori della città formavano una distesa luccicante.

Eiko non sarebbe tornata. Un tempio custodiva le sue ceneri, in attesa che fosse ultimata la lapide sotto la quale avrebbe riposato per sempre.

Chi era il responsabile di tutto questo? Chi era l'uomo che col suo fascino l'aveva colta alla sprovvista, soggiogandola al punto da farla morire? E innanzitutto, come aveva fatto ad avvicinarla? Asai continuava ad andare a tentoni come un cieco, senza riuscire a formulare alcuna ipotesi sulla sua identità.

Si incamminò verso sud. La rossa insegna al neon del Midori illuminava il cielo notturno. Sembrava messa lì per attirare uomini e donne e sedurli con la promessa di un piacere capace di far dimenticare ogni scrupolo morale.

Dopo neanche cinque minuti di cammino Asai arrivò all'ingresso del Midori, che, come il resto della struttura, era molto simile a quello di Villa Tachibana. Lo stile era lo stesso, con il sentiero di pietrisco e le piante illuminate dalla debole luce di una lanterna, anch'essa di pietra.

Mentre si guardava intorno, una coppia lo superò velocemente entrando nell'albergo. Erano giovani. Non dissero niente, sentì solo il rumore dei loro passi sul vialetto.

Asai fece passare qualche istante ed entrò. L'unico ambiente illuminato era una specie di guardiola alla sua sinistra. Da lì gli giunse una voce femminile: « *Irrashaimase...* Benvenuto! ». Una donna gli andò incontro e Asai capì che quella doveva essere la reception dell'hotel. Anche qui, vedendolo da solo, gli fu chiesto se più tardi lo avrebbe raggiunto qualcuno.

In quell'albergo dovevano lavorare non meno di dieci cameriere. E altrettante doveva averne Villa Tachibana – il che, pensò, portava a venti le persone cui avrebbe mostrato la fotografia della moglie. Pur trattandosi di una faccenda di famiglia, che in quanto tale richiedeva riservatezza, quella storia sarebbe arrivata a un gran numero di persone. Per quanto discrete si dichiarassero le domestiche, ognuna di loro l'avrebbe raccontata ad almeno una o due persone.

Anche qui si era ben guardato dal rivelare la propria identità, quindi se anche ne avessero parlato non sarebbe stato un problema. Ma mettersi a mostrare a destra e a manca la fotografia della moglie era un gesto piuttosto indiscreto, che lo faceva sentire un po' un miserabile. Senza contare che forse quell'albergo non sarebbe stato l'ultimo. Se qui non fosse venuto a capo di niente sarebbe dovuto andare in un altro, poi in un altro ancora: doveva essere pronto a girare per tutti gli alberghi della zona?

Anche la cameriera del Midori, quando lui le raccontò la sua « storia », si mostrò comprensiva. Prese la fotografia e non si fece vedere per più di mezz'ora, il tempo necessario per mostrarla a tutte le altre.

Pare che la moglie se ne sia andata con un altro... E che abbiano due bambini. Il marito la sta cercando dappertutto, dice che lo fa per i figli. Poveretto... È la donna di questa foto, vedi? Vuol sapere se è venuta qui insieme a qualcuno, tu l'hai vista? Se lo sai diglielo, non esitare. Pover'uomo...

Ogni domestica a cui veniva mostrata la fotografia faceva una faccia diversa, ma una cosa le accomunava: la compassione che provavano nei suoi confronti.

Alla fine la prima domestica ritornò portando con sé una collega più giovane che quasi si nascondeva dietro di lei.

« Ho chiesto a tutte, ma sembra proprio che qui non sia venuta. Nessuno l'ha riconosciuta ».

Anche lei aggiunse che le ragazze avevano buona memoria. Per dimostrarlo, si voltò verso la collega più giovane e disse: « Qui all'albergo non l'ha vista nessuno, ma questa ragazza dice di avere incontrato una donna che somiglia a quella della fotografia sulla salita che porta fin qui. Su, Senko, diglielo».

La ragazza, dalle guance colorite, di circa venticinque anni, si fece avanti come richiesto.

«Non sono sicura che si tratti di lei, ma circa due mesi fa ho incontrato lungo la salita una donna che le somigliava. Io camminavo in discesa e l'ho incrociata proprio in fondo alla strada».

«Si ricorda che giorno era?» chiese Asai alla giovane cameriera che, con la fotografia in mano, si sforzava di fare mente locale.

«Non ricordo il giorno preciso... ma dovevamo essere verso la metà del mese».

«A che ora?».

«Intorno alle due del pomeriggio».

«E perché le è rimasta impressa?».

«A quell'ora non c'era nessuno in giro. Solamente lei e io. Di solito c'è un gran via vai, invece quel giorno la strada era deserta, cosa che mi è parsa strana, e poi l'ho vista. Ecco perché mi ricordo di lei».

«Quindi la donna che ha incontrato somigliava molto a mia moglie in questa foto?».

«Sì».

«Si ricorda com'era vestita?».

«Credo che portasse un completo beige. Il collo della giacca era sbottonato e si intravedeva un foulard color ruggine; aveva una borsetta di coccodrillo rosso scuro».

Non c'erano dubbi. Quella era una delle mises preferite di Eiko. La borsa rossa di coccodrillo era il regalo di un imprenditore che Asai aveva aiutato. Gliel'aveva portata di ritorno da un viaggio di affari nel Sud-est asiatico.

«Capisco... quindi mia moglie... O meglio, la donna che forse era mia moglie, stava camminando da sola, giusto? Non c'era nessuno insieme a lei?».

«No, nessuno. Camminava da sola».

«E in quale punto, di preciso, l'ha incontrata?».

«Proprio in fondo alla discesa».

«Molto giù, quindi».
«Sì».
«C'è una profumeria da quelle parti, no? Mi pare che si chiami Takahashi...».
La domestica lo guardò, stupita che conoscesse la profumeria.
«Sì, proprio così. A circa venti metri di distanza dalla profumeria. Saliva da lì».

# VII

Asai uscì dal Midori, girò accanto a Villa Tachibana e procedette in discesa. Guardò l'orologio alla luce di un lampione e vide che erano le nove e venti.

Dopo il Midori sarebbe voluto andare anche all'Hotel Mori, che era un po' più avanti, ma a partire dalle nove i posti di quel genere, pensò, sono particolarmente affollati, quindi decise che per quella sera era sufficiente. Dopo aver visitato i due alberghi si sentiva già esausto.

Avanzò lungo la discesa scarsamente illuminata costeggiando i muri di cemento e quelli antichi di pietra sormontati da recinti di bambù. Quasi nessuna luce filtrava attraverso le fronde degli alberi. Fatta eccezione per gli alberghi, in quel quartiere residenziale a quanto pareva le giornate finivano presto.

Asai arrivò davanti alla profumeria. Si aspettava di trovare accese le luci del negozio, invece era buio come il resto delle case vicine. La porta a vetri era chiusa, la tenda abbassata. Evidentemente l'orario di chiusura si adattava ai ritmi del quartiere. Guardò verso il piano superiore, dove era installata l'insegna, ma dalle imposte non filtrava neanche un filo di luce.

Dunque la cameriera del Midori due mesi prima aveva incontrato una donna che somigliava a quella della fotografia. L'abbigliamento corrispondeva: si trattava sicuramente di Eiko. Era plausibile anche l'orario, le due del pomeriggio.

Eiko si trovava a circa venti metri di distanza dalla profumeria. A occhio e croce doveva essere tra la casa accanto e quella subito dopo. Entrambe erano in stile tradizionale, con basse recinzioni in pietra. Di fronte invece si intravedevano edifici all'occidentale di colore chiaro, dietro mura di cemento.

Asai si fermò e si voltò indietro in direzione del tratto di strada che aveva appena percorso. Per via della pendenza dovette alzare lo sguardo.

Provò a mettersi nei panni di Eiko. Era salita fin lassù. Se non aveva rallentato, voleva dire che era diretta più avanti. In cima alla salita c'era Villa Tachibana, svoltando a destra il Midori, e continuando a camminare si arrivava all'Hotel Mori.

Considerato che Eiko procedeva in salita, la conclusione più naturale era che stesse andando verso uno di quegli alberghi. Tuttavia le domestiche non l'avevano mai vista. Le loro dichiarazioni sembravano affidabili. Si erano mostrate entrambe solidali con il povero padre di famiglia abbandonato dalla moglie infedele.

Allora dove stava andando? Alla Profumeria Takahashi? A quel punto Asai si concentrò sulla profumeria. Secondo il racconto che gli era stato fatto Eiko era entrata lì d'improvviso quando si era sentita male. Ma la cameriera l'aveva vista venti metri più giù, cioè esattamente dove si trovava adesso Asai, due mesi prima. Da lì si riuscivano a distinguere famosi marchi di cosmetici sull'insegna del negozio.

Era un caso? O Eiko era già stata in quella profumeria, anche prima del giorno della sua morte?

Un'ipotesi forse campata per aria. Sarebbe bastato che la ragazza avesse detto di aver incontrato Eiko oltre la profumeria per smentirla. Quel pensiero l'aveva sfiorato solo perché era stata vista in fondo alla discesa. L'immagine della signora Takahashi, con le sue labbra carnose e il trucco pesante, gli attraversò la mente.

L'idea che Eiko fosse stata in quella profumeria anche prima di morire – per esempio due mesi prima, quando aveva incrociato la cameriera – non era nient'altro che una congettura, destinata a svanire a meno che Asai non fosse riuscito a provare che sua moglie e Chiyoko Takahashi si conoscevano già. Ma era assai improbabile che Eiko andasse fin lì soltanto per acquistare dei cosmetici.

Per il momento, dopo aver fatto le sue indagini nei due alberghi, Asai decise di tornarsene a casa, quella casa ormai tristemente vuota. Piombò rapidamente in un sonno agitato, mentre le parole della giovane cameriera del Midori continuavano a risuonargli nella mente.

Il mattino dopo si svegliò presto. Guardò l'orologio da polso appoggiato sul comodino, erano le sei. Era tipico di chi vive da solo, o di chi è in viaggio, mettere l'orologio da polso sul comodino. I parenti di Eiko avevano smesso ormai di fargli visita e lui si sentiva ogni giorno più abbandonato.

Disteso a pancia sotto, si accese una sigaretta. Quando c'era Eiko non poteva farlo liberamente perché a lei dava fastidio. Pensò che avrebbe potuto vendere la casa e trasferirsi in un condominio. L'aveva costruita suo padre, ormai quarant'anni prima. Forse non valeva granché, ma aveva cento *tsubo* di terreno, e in quella zona il valore dello *tsubo* era di duecentomila yen. Questo gli avrebbe permesso di comprarsi un appartamento in un bel condominio di lusso, anche se forse non sarebbe stato consono alla sua posizione – il suo diretto superiore viveva ancora con moglie e due figli in un modesto alloggio per pubblici funzionari. Era meglio un appartamentino senza pretese. In fondo non c'è neanche un nuovo matrimonio in vista, si disse senza pensarci più di tanto.

Finito di fumare, andò a prendere il giornale nella buca delle lettere. Si rimise a sedere e lo sfogliò. Non era successo granché, ma da buon funzionario ministeriale si soffermò sulle notizie che avevano attinenza con il governo.

C'era un articolo sull'opposizione dell'Ordine dei medici alle ultime direttive emanate dal ministero della Sanità, con le dichiarazioni del presidente dell'Ordine.

Il medico. Perché non ci aveva pensato?

Takahashi Chiyoko gli aveva raccontato di aver chiesto a una ragazza entrata nel negozio per acquistare dei cosmetici di andare a chiamare un medico lì vicino perché soccorresse Eiko.

« Una giovane studentessa che abita qui nelle vicinanze entrò per acquistare qualcosa. Così la pregai di correre a chiamare il dottor Ōhama... quello dell'ambulatorio di medicina interna che si trova poco più avanti ».

Asai approfittò della pausa pranzo per prendere un taxi fino a Yoyogi. Arrivato alla salita si voltò a guardare la Profumeria Takahashi, ma era ancora chiusa e con la tenda abbassata. Come la sera prima.

Forse era il giorno di riposo settimanale. Ma non dell'intero quartiere, perché lungo la strada aveva visto dei negozi ed erano tutti aperti. Era chiusa solo la profumeria.

Scese dal taxi pochi metri più avanti, in corrispondenza di una stradina che proseguiva lateralmente. In fondo c'era lo studio del dottor Ōhama. Uno studio medico come tanti altri.

Nella sala d'attesa non c'era nessuno. Dalla finestrella dell'accettazione si affacciò un'infermiera.

« Le visite si effettuano solo di mattina... ».

« Non sono qui per una visita. Dovrei chiedere alcune informazioni su una persona che è stata visitata dal dottore ».

« Come si chiama? ».

« Mi chiamo Asai ».

«È un familiare del paziente?».
«Sì. Si tratta di mia moglie».
«Qual è il problema?».
«Preferirei parlarne di persona con il dottore».
«Ha con sé un'impegnativa?».
«La paziente è deceduta».
L'infermiera guardò dritto in volto Asai e si allontanò.
Dopo appena dieci minuti il dottore, un uomo corpulento e con gli occhiali, entrò nella sala d'attesa. Sulla quarantina, con un bel colorito. Emanava un leggero odore di sakè. Si era infilato il camice in fretta e furia e il colletto gli era rimasto alzato. Guardando quel camice bianco, Asai ripensò a Chiyoko.
Gli occhi dell'uomo tradivano una certa circospezione. Forse pensava di trovarsi di fronte a un marito venuto ad accusarlo di avergli «ucciso» la moglie.
Asai gli diede il suo biglietto da visita. Il dottore lo lesse mantenendo un'aria diffidente. Prese una sedia, la mise di fronte alla panca su cui era seduto Asai e si sedette a sua volta con gesto automatico.
«Signor Asai, potrebbe dirmi gentilmente a quando dovrebbe risalire la visita?» chiese il medico con tono garbato.
«A circa due settimane fa. Ma non si tratta di una visita in ambulatorio. Mia moglie ha avuto un attacco di cuore mentre era per strada e ha cercato rifugio nella Profumeria Takahashi. La proprietaria è stata così cortese da chiamarla».
«Ah, ho capito» annuì immediatamente. «Avevo immaginato che fosse lei. Non ci sono stati altri casi del genere».
Cioè non c'erano stati altri casi di pazienti «fatte morire» di recente. Negli occhi del dottor Ōhama si intravedeva ora un leggero sollievo.
La signora Takahashi non aveva mentito. Il dottor Ōhama era venuto in soccorso di Eiko.
«Quando lei è arrivato per mia moglie non c'era già più nulla da fare, vero...? Sa, io ero in Kansai per lavoro,

quindi non ne so niente. So solo quello che mi è stato raccontato in seguito».

«Mi dispiace molto» disse il medico accennando con la testa un inchino formale. «Quando mi hanno chiamato ero alle prese con un altro caso urgente e quindi non ci sono potuto andare subito, sono passati circa venti minuti. Purtroppo al mio arrivo sua moglie era già senza vita. Aveva le pupille dilatate e non c'era battito. Non ho potuto fare niente».

«Non ha provato neanche con un'iniezione di canfora?».

«Un'iniezione di canfora?».

Sul viso del dottore ricomparve l'espressione di chi deve rispondere alle velate accuse dei familiari di un paziente deceduto.

«Crede che avrebbe avuto effetto su un corpo senza vita? Quando sono arrivato era già distesa nel retro del negozio, morta».

«Dottore, lei a che ora è arrivato?».

«Ho guardato l'orologio, vista la gravità della situazione. Erano le 16:35 del 7 marzo. Ho appena controllato la cartella clinica. Non era una mia paziente, ma ho stilato io il referto medico».

«Sì, l'ho ricevuto. Infatti conoscevo l'orario, ma ciò che volevo chiederle è perché avesse indicato le 16:05 circa come orario della morte. Lei è arrivato alla Profumeria Takahashi e ha constatato il decesso alle 16:35, però ha dichiarato che era avvenuto mezz'ora prima, giusto?».

«Io non ero presente quando sua moglie è spirata. La signora Takahashi mi ha detto che era morta da circa mezz'ora e io ho preso per buona la sua affermazione. Ecco perché non ho scritto "16:35" ma "16:05 circa"».

Lo sguardo del medico era duro, come a voler escludere categoricamente di aver commesso un errore.

«Capisco. La prego, non mi fraintenda. La mia intenzione era solo di accertarmi che la morte di mia moglie si fosse verificata esattamente alle 16:05. Che fosse rimasta, cioè, in quello stato per circa mezz'ora prima che lei potesse vedere il corpo...».

Il medico spostò un lembo del camice per tirare fuori il portasigarette dalla tasca della giacca.

«Come le ho detto, non ero presente quando sua moglie è morta. Posso affermare con certezza che non era trascorso molto tempo, ma non sono in grado di dire quanti minuti e quanti secondi prima fosse avvenuto il decesso».

Ōhama prese una boccata di sigaretta, e buttò fuori un sottile filo di fumo.

«Non è questo che intendevo chiederle. Quello che mi preme è invece sapere se, per come l'ha trovata al suo arrivo, quell'intervallo di mezz'ora dalla morte non le sia sembrato incongruo». Asai accennò un sorriso vagamente tranquillizzante.

«Non c'era niente di incongruo» rispose seccato il medico.

«Se per esempio non fosse morta trenta, ma quaranta minuti prima, ci sarebbe stata qualche differenza?».

«Quaranta minuti? No, non credo che ci sarebbe stata differenza. Io però in quella situazione potevo solo fare riferimento al racconto della signora Takahashi».

«Certo, capisco, ma» insistette ancora Asai «al di là di quello che le ha detto la signora Takahashi, mi interesserebbe conoscere il suo parere professionale».

«Perché, crede che nelle circostanze della morte di sua moglie ci sia qualcosa di sospetto?» ribatté il dottore. Dietro le lenti, i suoi occhi erano sottili come fessure.

«No, nulla di sospetto. Però, vede... nonostante i suoi problemi di cuore, erano anni che mia moglie non aveva avuto più niente. Mi è stato riferito che mentre camminava lungo quella strada in salita si è sentita male, ma... ho come la sensazione che sia morta troppo in fretta».

«Non credo. Io ritengo che fosse morta da trenta, forse quaranta minuti, ma in ogni caso non più di un'ora. Quando l'ho vista ricordo di aver pensato che se fossi arrivato solo pochi minuti prima avrei potuto praticarle un massaggio cardiaco. Ci sono casi di persone che si riprendono dopo un infarto grazie a un massaggio cardiaco, ma nella situazione di sua moglie sarebbe stato inutile».

«Quindi secondo lei potrebbe essere morta anche un'ora prima del suo arrivo. Vale a dire mezz'ora prima di quanto è scritto nel suo referto».

«Mezz'ora? Sì, direi che non possiamo escluderlo. Può esserci stato un intervallo di un'ora, ma non di più. Dopo un'ora il corpo diventa freddo, e in alcuni casi inizia a mostrare segni di rigor mortis nella zona del collo e nella muscolatura sotto la mascella... Sua moglie però non mostrava niente di tutto ciò. Ecco perché per il mio referto mi sono basato sulle dichiarazioni della signora Takahashi. Non avrei potuto fare altrimenti, non crede?».

Asai annuì prontamente.

«Se avessi notato qualcosa di strano avrei contattato la polizia, che avrebbe proceduto d'ufficio all'autopsia. Non era una mia paziente e la morte è stata determinata da cause naturali, anche se senza dubbio è stata improvvisa».

Ciò nonostante lei è ancora qui a reclamare chissà cosa..., sembrava dire la sua espressione.

«... La signora Takahashi disse anche che, trattandosi di una donna, le sarebbe dispiaciuto se avessero dovuto sottoporla ad autopsia; dopotutto era chiaro che non si trattava di un incidente, come ho scritto nel referto».

Sembrava che volesse essere ringraziato.

Asai fece un profondo inchino.

«Le sono grato per quello che ha fatto».

Lasciò lo studio di Ōhama. Tornò alla salita e per qualche istante fu indeciso sulla direzione da prendere. Continuava a pensare a quanto gli aveva detto il dottore, a quell'«intervallo di mezz'ora», che però si basava unicamente sul racconto di Takahashi Chiyoko e che pertanto gli sarebbe sembrato più corretto definire un «margine di errore».

Salendo sarebbe arrivato all'Hotel Mori, che la sera prima non aveva fatto in tempo a visitare. Però si ricordò che la Profumeria Takahashi quando era passato con il taxi era chiusa, quindi pensò di scendere.

Dopo neanche cinque minuti arrivò alla profumeria. La porta e le vetrine erano schermate da spesse tende marroni. La sera prima doveva aver chiuso in anticipo, ma perché quel giorno non aveva aperto? Non c'era nessun cartello che spiegasse il motivo della chiusura. Si ricordò della proprietaria, che probabilmente viveva sola. Forse, trattandosi di un'attività che gestiva in proprio, era libera di aprire e chiudere quando meglio credeva.

Per strada non c'era nessuno. Era il tipico silenzio pomeridiano di un quartiere residenziale come quello. Ripensò alle parole della cameriera del Midori. Aveva detto di avere incontrato Eiko in un momento in cui non c'era nessuno in giro, intorno alle due. Adesso era l'una e quaranta.

Asai si avvicinò alla porta e guardò all'interno da uno spiraglio della tenda. Era uno spiraglio molto sottile e il negozio era buio. Solo un luccichio proveniva da qualcosa di metallico nell'espositore più vicino. Di Chiyoko nessuna traccia. Né tantomeno sembravano esserci altre persone, il che permise ad Asai di continuare a sbirciare.

Ma a un certo punto sentì una presenza dietro di sé. Si voltò e circa dieci metri più su vide un uomo alto che lo fissava. Aveva una trentina d'anni, portava un maglione grigio e dei pantaloni chiari, e teneva un pastore tedesco al guinzaglio. Evidentemente abitava nella zona e stava portando a spasso il cane vicino a casa. Lo guardava con aria sospettosa. La sua figura era in controluce e l'unica cosa che poté distinguere fu che aveva un viso lungo e portava gli occhiali. Temendo di essere scambiato per un ladro, Asai si allontanò facendo finta di niente dalla porta del negozio.

## VIII

Tutte le indagini che fece successivamente non portarono a nulla. Andò all'Hotel Mori con la foto della moglie, ma neanche quella visita sortì alcun risultato; poi entrò in un altro alberghetto in stile tradizionale poco più avanti, ma nessuno seppe dirgli niente. Infine, tornando, passò ancora una volta davanti alla Profumeria Takahashi, che stavolta era aperta. All'interno vide Chiyoko con indosso il solito camice bianco, ma non ebbe il coraggio di entrare. Come avrebbe giustificato una visita? Non poteva dirle che passava di lì e aveva pensato di entrare per un saluto. Tra di loro non c'era abbastanza confidenza. Né poteva fingere di avere compere da fare, trattandosi di un negozio che vendeva solo articoli femminili. La signora avrebbe pensato che si aggirava da quelle parti ricercando ossessivamente qualche traccia della sua defunta moglie.

Più passava il tempo e più le parole della domestica, che diceva di aver visto Eiko lungo quella strada, perdevano consistenza. Da sole non provavano nulla. La ragazza non aveva mai visto Eiko prima né le aveva mai rivolto la parola. Il fatto che avesse una buona memoria non escludeva che potesse aver scambiato Eiko per qualcuna che le somigliava. E molto probabilmente Eiko non era mai stata nella profumeria prima di quel pomeriggio.

Pur non avendo abbandonato la speranza di trovare qualcosa, Asai decise per il momento di accantonare la « teoria della salita ». Magari sarebbero venuti fuori dei dettagli che aveva trascurato. Doveva dare tempo al tempo. Armarsi di pazienza. La fretta non gli sarebbe stata di alcun giovamento. Doveva fare come quando al ministero metteva temporaneamente da parte gli incarichi più difficili. A un certo punto la soluzione arrivava da sé.

Inoltre c'era il lavoro: non poteva permettersi di dedicarsi soltanto alle sue ricerche. E occuparsene così, in modo intermittente, avrebbe finito solo per confonderlo. Per un'indagine del genere c'era bisogno di continuità. Decise perciò di tornare per il momento a lavorare a tempo pieno, promettendo a se stesso che se ci fossero stati sviluppi degni di attenzione non li avrebbe trascurati. Sapeva di essere indispensabile alla sua sezione. Anche il capo dipendeva completamente da lui.

Cinque mesi dopo aver messo da parte le sue ricerche a Yoyogi e la « teoria della salita » – l'unico appiglio che aveva per conoscere la verità sulla morte della moglie –, ci furono degli sviluppi.

Era agosto. In ufficio gli impiegati, a turno, prendevano le ferie. Asai aveva intenzione di chiedere l'ultima settimana di settembre. Non amava andare in vacanza nel periodo più caldo. Non sarebbe andato né in montagna né al mare. Non era un tipo sportivo, né c'erano bambini da accontentare.

Sul periodo che preferiva si era mantenuto vago, anche perché non aveva particolari programmi, né alcuna voglia di muoversi, e poi era così pieno di impegni che in effetti avrebbe potuto rinunciare alle ferie e continuare a lavorare. Amava il suo lavoro. Era sempre stato così. Il tempo libero per lui era roba da pigri. Certo, vedendolo dall'esterno, pensava, gli altri dovevano averlo giudicato un marito piuttosto noioso.

Era fine agosto e si trovava in metropolitana. A differenza dei colleghi più giovani, Asai non andava in ufficio in macchina. Tutto quel traffico era uno spreco di tempo ed energie. La metropolitana era molto più fresca e veloce. Aprì il settimanale che aveva acquistato prima di salire a bordo e vide che conteneva uno speciale sul terremoto dal titolo: *In quanti morirebbero se un grande terremoto colpisse Tokyo?*

Si ricordò che mancavano cinque giorni al 1° settembre, l'anniversario del grande terremoto del Kantō – che Asai non aveva vissuto in prima persona –, e come ogni anno quotidiani e riviste pubblicavano articoli di quel tipo.

Il 1° settembre del 1923 il grande terremoto del Kantō colpì Tokyo con una magnitudo pari a 7.9, sesto grado della scala giapponese. Morirono sessantamila persone. La maggior parte a causa degli incendi, che si propagarono dopo la scossa. Oggi gli abitanti di Tokyo sono dodici milioni, il triplo di allora. La città è piena di grattacieli e zone residenziali ad altissima densità che ospitano condomini attaccati gli uni agli altri e in continua espansione. Se fossimo colpiti da un terremoto della stessa intensità di quello del 1923, quante sarebbero oggi le vittime? Abbiamo riunito esperti di vari settori per riflettere sulla situazione attuale...

Lo speciale cominciava così.

Dal momento che ipotizzava una calamità che avrebbe potuto colpirli da un momento all'altro, l'articolo era stato scritto per suscitare l'interesse dei lettori ma anche per metterli in guardia. E conteneva istruzioni su come comportarsi in caso di emergenza.

Asai appoggiò la testa al finestrino e continuò a leggere. Portava una camicia a maniche corte e la cravatta, e teneva la giacca piegata sulle ginocchia. Era indispensabile averla anche in piena estate, in caso di visite importanti, mentre la cravatta serviva a indicare la posizione che occupava fra i funzionari del ministero.

L'articolo diceva che, se si fosse verificato un terremoto come quello del 1923, a Tokyo stavolta ci sarebbero state almeno cinquecentomila vittime. Altre stime parlavano di un milione. In duemila sarebbero morti schiacciati dalle macerie. Ma, come in passato, la maggioranza delle persone sarebbe morta per gli incendi.

Nel peggiore degli scenari, le auto si sarebbero riversate nelle strade impedendo alle persone di fuggire a piedi. Così, nella calca, non sarebbero riusciti a scappare né gli uni né gli altri. Una lotta tra automobili ed esseri umani, una vera guerra. Una folla di uomini, sopraffatta dalle fiamme e dal fumo e senza più vie di fuga, sarebbe stata arsa viva.

Le fiamme non avrebbero risparmiato nemmeno le chilometriche file di automobili, che sarebbero esplose una dopo l'altra come taniche di benzina allineate lungo le arterie della città intera. I distributori di carburante, posizionati a intervalli di cinquecento metri, sarebbero esplosi a loro volta contribuendo al propagarsi degli incendi. Poi sarebbe toccato agli edifici, con ulteriori vittime carbonizzate. Uno scenario del tutto inedito rispetto a quello del 1923.

Alcuni segnali indicavano le aree di evacuazione, per esempio i parchi, i cortili delle scuole o i sagrati dei santuari, che però non avrebbero potuto contenere simili assembramenti, sempre che le persone riuscissero ad arrivarci prima di essere raggiunte dalle fiamme. Quei segnali servivano solo a rassicurare la gente in tempi normali. Le condutture del gas che attraversavano i sotterranei della città sarebbero saltate fuori dalle crepe nell'asfalto prendendo fuoco.

Non vi stiamo raccontando una storia da incubo. Le catastrofi non arrivano mai annunciate. Quasi mezzo secolo ormai ci separa dal 1923. Viviamo tutti nel timore che possa accadere di nuovo. Dall'inizio dell'anno a Tokyo si sono verificati ventitré terremoti di intensità percepibile dall'uomo, undici di grado 2 e tre di grado 3. Tra questi ultimi, quello del 7 marzo alle 15:25 ha fatto cadere oggetti da mensole e armadi e non sono stati pochi coloro che si sono riversati in strada. Gli scienziati dicono che queste scosse non necessariamente preannunciano un evento sismico futuro di proporzioni maggiori, ma le loro testimonianze non bastano a placare l'ansia dei cittadini. Dal momento che non ci sono garanzie assolute...

Asai era al lavoro. Di solito la mattina aveva molte cose da fare e riusciva a mantenere la concentrazione. Ma quel giorno era inquieto.

Dipendeva dall'articolo sul grande terremoto di Tokyo che aveva letto in metropolitana. In realtà quello che continuava a tornargli in mente erano solo poche parole di quel testo pieno di previsioni catastrofiche:

« Tra questi ultimi, quello del 7 marzo alle 15:25... ».

Il 7 marzo lui era a Kōbe per lavoro. Accompagnava il capo in un giro di visite ai produttori locali. Ignorava che a Tokyo ci fosse stato un terremoto.

Stando ai calcoli del medico, la morte di Eiko era avvenuta quel pomeriggio intorno alle 16:05. E se ci fosse stato un nesso tra i due eventi?

Ma no, non era possibile. Eiko non aveva mai avuto paura dei terremoti. Chiunque viva a Tokyo si abitua a convivere con quelle scosse. Lei soffriva di cuore, ma era improbabile che un terremoto le potesse causare un infarto. Si sforzò di ricordare, ma negli anni che avevano passato insieme non si era mai particolarmente agitata in queste occasioni.

Asai scese alla mensa per il pranzo. Mentre mangiava del riso al curry, domandò a un giovane impiegato che sorseggiava un frullato di fronte a lui: « Hai letto lo speciale sul terremoto nel nuovo numero di "R."? ».

« Non ancora » rispose il collega, che sembrava interessato solo al frullato che aveva davanti.

« Dice che il 7 marzo a Tokyo c'è stato un terremoto abbastanza forte ».

« Il 7 marzo...? » domandò il giovane alzando lo sguardo.

«Io non lo sapevo perché ero in Kansai per lavoro. A quanto dice l'articolo è stato un terremoto di grado 3, cadevano oggetti dalle mensole e le persone si sono riversate in strada. Un terremoto di quell'intensità in effetti è piuttosto forte».

«Ah, adesso che ci penso è vero» disse con tono tranquillo il collega. «Non ricordavo il giorno preciso, ma effettivamente all'inizio della primavera c'è stato un terremoto del genere. Qui in ufficio non si è sentito tanto, ma mia moglie mi ha detto che a casa sono caduti alcuni oggetti dagli scaffali. A un nostro vicino si è fermato l'orologio a pendolo».

«Quindi tua moglie si è presa un bello spavento».

«Non più di tanto, a dire la verità. In casa si è sentito qualche scricchiolio, ma è durato poco. Siccome faceva freddo non è nemmeno uscita per strada».

A Tokyo perché un terremoto diventi argomento di conversazione deve essere veramente forte. Se qualche oggetto cade da una mensola non ci fa caso nessuno.

Asai tornò in ufficio, ma ne uscì subito dopo per recarsi in archivio. Prese il fascicolo di marzo della rassegna stampa e cercò le prime pagine dell'edizione mattutina dell'8. Trovò un trafiletto che diceva:

Alle 15:25 del 7 marzo Tokyo è stata colpita da un terremoto di intensità 3 che ha provocato la caduta di oggetti e ha allarmato gli abitanti della capitale. Stando al comunicato trasmesso dall'Ufficio meteorologico, l'epicentro del sisma era localizzato in fondo al mare, a cinquanta chilometri da Boso.

In realtà che gli abitanti della capitale fossero stati messi in allarme da quella scossa era una voluta esagerazione del cronista.

Asai sfogliò le pagine precedenti e trovò una mappa delle previsioni meteo.

A partire dalla sera del 6 e per tutta la giornata del 7 marzo il Kantō sarà attraversato da un fronte di aria gelida. Le temperature si abbasseranno di tre gradi rispetto alla media stagionale. Nelle zone di montagna potrebbe nevicare.

Asai uscì dall'archivio.

Nel dirgli che sua moglie – per via del freddo – non era nemmeno uscita per strada, il suo collega doveva aver ripetuto il racconto che lei gli aveva fatto al suo ritorno. Nel Kansai il clima era mite e rientrando a Tokyo Asai non aveva sentito freddo perché la mattina dell'8 il fronte di aria gelida era già passato.

Dunque tra l'infarto di Eiko e il terremoto del 7 marzo non sembrava esserci alcun nesso. Né tantomeno con l'abbassamento delle temperature.

Asai si sforzò di non pensarci più.

Il 1° settembre non si verificarono altri terremoti.

Era una domenica di metà settembre quando una compagna di Eiko gli fece visita per consegnargli il bollettino della scuola di *haiku*. Si trattava dell'amica che l'aveva invitata per la prima volta, una donna della sua stessa età.

L'opuscolo portava il titolo « Poesie in memoria di Asai Eiko ».

Come prima cosa l'amica rese omaggio all'altarino buddhista.

Suzuki Mihoko – era questo il suo nome – consegnò l'opuscolo ad Asai dicendo: « La maestra ha selezionato cinquanta componimenti tra i centocinquanta di Eiko ».

« Ha composto addirittura centocinquanta *haiku*? ».

Asai non aveva mai nutrito particolare interesse per i componimenti poetici della moglie. Come, del resto, per il canto e la pittura. Non sospettava neanche che potesse arrivare a scrivere ben centocinquanta *haiku*.

« Immagino che non siano tutti capolavori... ».

« Al contrario. Sono molto ispirati. Se solo fosse vissuta più a lungo ne avrebbe composti di un livello ancora superiore, con cui nessuno di noi avrebbe potuto competere. Anche la maestra è molto addolorata. Non sono frasi di circostanza, mi creda».

«Eiko sarebbe felice di sentire le sue parole».

Asai sfogliò l'opuscolo. Le poesie di Eiko erano proprio nelle prime pagine. Disposte in ordine cronologico, coprivano un arco temporale di soli due anni.

Il suo sguardo si soffermò sulle ultime due.

Solenne Sōmin Shōrai, mucca di primavera.

Lanterna dorata di Yamaga, fioritura di luci.

Asai sembrava perplesso.

«Che significano questi versi?» chiese.

Suzuki Mihoko spiegò: «Sōmin Shōrai dovrebbe essere il nome di una divinità che protegge dai pericoli, e lo *haiku* si riferisce a un tipo di amuleto che si trova nei templi. È in legno, ha la forma di una torre a pianta esagonale, dipinta a mano e con su scritto "Sōmin Shōrai". A seconda delle regioni può cambiare la forma o il colore, ma resta un oggetto che ha qualcosa di sacrale».

«È un oggetto religioso, quindi».

«Lo definirei una sorta di talismano».

«E la mucca di primavera?».

«Pare che quando Eiko ha preso l'amuleto ci fosse una mucca davanti al tempio. E il contrasto tra la solennità dell'oggetto e la mucca dev'esserle sembrato divertente».

«Questo tempio si trova vicino a Tokyo?».

Eiko partecipava a gite in luoghi cari ai poeti e usciva anche da sola a caccia di paesaggi da cui trarre ispirazione.

«Non saprei dirlo. Proprio non lo so. Ma in poesia capita anche di rifarsi a scene immaginarie, non devono essere per forza reali».

«E invece la lanterna di Yamaga che cos'è?».

«Yamaga è una località termale che si trova nella prefettura di Kumamoto. Lì è tradizione costruire lanterne di carta e offrirle al santuario locale. Non si tratta di comuni lanterne: sono riproduzioni estremamente elaborate di palazzi, castelli, persino teatri o residenze famose, fatte interamente di carta. E la parola "dorata" della poesia deve riferirsi alla carta dorata con cui la lanterna era fatta. Pare che a Yamaga le vendano anche come souvenir. È stata proprio Eiko a raccontarlo alla maestra quando le ha consegnato lo *haiku*».

«Eiko però non è mai stata nel Kyūshū, che io sappia».

«Forse le avrà viste da qualche altra parte. Magari a una di quelle esposizioni di oggetti di artigianato che organizzano alcuni grandi magazzini. Avrà visto una di queste lanterne e la carta dorata con un disegno floreale le ha dato l'idea della "fioritura di luci". È un componimento elegante ed elaborato. Molto femminile. Eiko aveva una grande immaginazione, le confesso che la invidiavo».

«Dice davvero?».

Una che aveva la passione per il canto, la pittura e la poesia sapeva certamente sognare.

«È vero che sono sempre i migliori ad andarsene per primi... Posso solo immaginare come si sente» disse come a voler elogiare Asai, che continuava a vivere da solo, concedendosi come unico aiuto domestico quello di un'anziana del quartiere che passava ogni giorno all'ora di pranzo.

Alla fine di settembre qualcosa cambiò. Arrivò un nuovo capo di sezione e Asai fu promosso suo vice. Avanzamenti di carriera come quello, quando non toccano ai raccomandati, sono dovuti soltanto al merito. Ancora un po' e a dirigere la baracca sarebbe stato lui. Naturalmente quell'anno non chiese le ferie.

Il nuovo capo lo invitò a cena a casa sua, a Harajuku.

Per tornare gli mise a disposizione una macchina con autista, ma a metà strada Asai ebbe un'idea. Harajuku non distava molto da Yoyogi. Decise di tornare su quella «salita» dove non andava da tempo. In macchina ci avrebbe messo un attimo.

L'autista cambiò direzione. Arrivò alla salita, ma facendo un'altra strada, una che Asai non conosceva. Passarono davanti al Midori per poi sbucare nei pressi del cancello di Villa Tachibana. Erano le nove di sera e l'insegna rossa al neon illuminava il cielo scuro. Erano sei mesi che non la vedeva.

« Devo scendere da qui? » chiese, voltandosi, l'autista.

« Sì ».

Asai guardava davanti a sé perplesso. Non riconosceva quella strada. In fondo alla discesa, sulla sinistra, c'era un'altra insegna al neon, molto vistosa: « Hotel Chiyo ».

Era un edificio nuovo, e in mezzo a tutte quelle case buie – anche a guardarla da lassù – la luce al neon spiccava dominando l'orizzonte. Prima non c'era. Asai era disorientato.

L'automobile procedette lungo la discesa. Asai guardò a sinistra. Era proprio un hotel nuovo di zecca. Sembrava avere tre piani e un'ampia facciata. Della Profumeria Takahashi neanche l'ombra. Ma non fece in tempo a vedere bene perché l'auto andava troppo veloce.

« Un momento » disse Asai al conducente quando furono in fondo alla discesa. « Mi lasci qui, per favore, mi sono ricordato che ho una commissione da sbrigare ».

L'autista si fermò, scese e andò ad aprirgli lo sportello.

« Vuole che l'aspetti? ».

« No, non si preoccupi. Ci metterò un po' di tempo, vada pure ».

Asai si incamminò lungo la salita.

## IX

L'Hotel Chiyo era effettivamente di tre piani.

Asai si fermò lì davanti. Alle sue spalle c'era il muretto della casa con il recinto di bambù, quella che aveva visto la prima volta che, insieme alla cognata Miyako, aveva visitato la profumeria. La targa con il nome « Kobayashi » ora era illuminata di rosso dall'insegna al neon dell'albergo.

L'hotel era costruito nello stile allora di moda, una sorta di replica degli antichi edifici dell'Europa mediterranea. Ma malgrado l'aspetto sofisticato era evidente che si trattava di una casa di appuntamenti.

Sembrava essere spuntato dal nulla. Erano sei mesi che Asai non passava di lì. La profumeria era sparita, la casa accanto, con il recinto di bambù e la grande zelkova, era stata demolita, e su quel terreno era sorto l'hotel che ora era lì, davanti ai suoi occhi increduli.

Il nome « Chiyo » aveva sicuramente a che fare con Takahashi Chiyoko. Il posto in cui si trovava la sua profumeria doveva essere a un'estremità del muro bianco che circondava l'hotel. Al suo interno erano stati piantati dei cipressi europei, intervallati da alberi le cui foglie ricordavano quelle del castagno – probabilmente degli ippocastani giapponesi – con fitte chiome che miravano a creare un'atmosfera raccolta e protetta. La grande zelkova, l'albero più antico e più alto del quartiere, non esisteva più.

Il muretto di pietra, come il recinto di bambù e le azalee, era stato sostituito da una parete di cemento. Una zona lievemente in pendenza era ricoperta da un prato all'inglese, mentre un'ampia carreggiata, simile all'entrata di un parco, conduceva all'ingresso principale.

Che ne era stato della vecchia casa con il cancello ad arco e i gradini di pietra? Quell'antico edificio a due piani seminascosto tra gli alberi era un'abitazione in perfetto stile giapponese, con un recinto di bambù di almeno centoventi metri, e ora l'hotel includeva anche l'area in cui prima si trovava la Profumeria Takahashi. Un'estensione notevolmente ampia.

Asai si ricordò che sulla porta d'ingresso di quella casa c'era scritto « Kubo ». Quando era stato lì con Miyako si era guardato intorno con molta attenzione, e ce l'aveva messa tutta per leggere i nomi scritti sulle targhe delle abitazioni vicine.

I Kubo, della casa accanto, avevano comprato anche la proprietà confinante per farci un hotel? Ma il nome « Chiyo » doveva per forza essere collegato a Takahashi Chiyoko. Anche se quei due *kanji* in realtà si potevano leggere anche come « Sendai », e magari era solo un caso che fossero gli stessi del nome « Chiyo ». In effetti era difficile immaginare che la proprietaria di una piccola profumeria, una donna sola che non poteva neanche permettersi di tenere una commessa, avesse acquistato il terreno accanto per costruirci un hotel.

O forse era stato qualcun altro a comprare entrambe le proprietà. Gli alberghi a ore sono molto redditizi, e un tranquillo quartiere residenziale di classe era la collocazione ideale. Gli ospiti avrebbero apprezzato l'atmosfera elegante ma soprattutto il fatto che di sera non ci fosse nessuno in giro e che i pochi lampioni illuminassero appena le strade, a differenza di altri quartieri troppo movimentati e pieni di luci. Effettivamente sia per Villa Tachibana che per il Midori gli affari sembravano andare a gonfie vele. Avendo a disposizione un capitale da investire sarebbe stato sciocco non considerare quell'opportunità.

Tempo addietro il suo amico Yagishita gli aveva raccontato che nelle località termali molti *ryokan* si stavano convertendo in alberghi a ore. I *ryokan* hanno il problema della penuria di domestiche e della quantità di servizi da offrire, servizi che nel caso degli alberghi a ore sono ridotti al minimo, oltre al fatto che c'è un ricambio continuo di clienti. Basta aprirne uno per guadagnare. Le locande più prestigiose resistevano, ma le altre sembravano confermare quella tendenza.

Asai non riusciva a togliersi la sensazione che qualcosa non tornasse. Quella era la strada che Eiko stava percorrendo pochi istanti prima di morire. Se il racconto della cameriera del Midori corrispondeva alla verità, era stata vista proprio nel punto in cui ora sorgeva quell'albergo a ore. Che strana combinazione. E la profumeria in cui la moglie aveva cercato aiuto era stata inglobata nell'albergo.

Il giorno successivo Asai chiese a un giovane collega di procurargli una copia della documentazione relativa alla proprietà dell'Hotel Chiyo, depositata presso l'ufficio pubblico di Yoyogi.

Aprì il fascicolo e restò a bocca aperta. L'amministratore delegato dell'albergo era proprio lei, Takahashi Chiyoko.

Era un'ipotesi che aveva considerato, ma ne rimase ugualmente stupito. Che voleva dire?

Gli affari della profumeria di Chiyoko non andavano proprio a gonfie vele. C'era stato solo una volta, ma anche passandoci davanti non aveva mai visto l'ombra di un cliente. Non solo non serviva una commessa, ma la stessa proprietaria se ne stava con le mani in mano.

Quando era andato a ringraziarla, era stata proprio Chiyoko a dirgli che c'erano pochi clienti. Aveva aperto quella profumeria perché pensava che fosse adatta al quartiere in cui si trovava, ma non aveva scelto il momento giusto: insomma, si era lasciata sfuggire che la sua iniziativa era stata un fallimento. Non si poteva negare che fosse una donna attraente, e Asai ne era rimasto colpito al punto da essersi dispiaciuto che gli affari non le andassero bene.

E invece si era potuta permettere di costruire un albergo. Da una profumeria a un albergo era un bel salto!

Lesse l'elenco dei componenti del consiglio di amministrazione e vide fra i dirigenti il nome « Kubo Kōnosuke ».

Kubo...? Kubo...

Il cognome che aveva letto sulla targa all'ingresso della casa accanto alla profumeria. Era lui.

Quando si tratta di soldi è sempre difficile capire come stanno veramente le cose. Ci sono attività apparentemente modeste che invece rendono molto, e altre che sembrano floride mentre in realtà vanno a rotoli. Così come ci sono finanziatori insospettabili.

E Chiyoko? Era una donna sola, quindi forse c'era un amante che segretamente la manteneva. Come aveva intuito sua cognata Miyako, quella donna aveva qualcosa di provocante. Se lo notava anche un occhio femminile, non si trattava solo di un'impressione di Asai. Gli tornò in mente il suo profumo mentre lo aiutava a indossare il soprabito.

Gli articoli che vendeva erano tutti di lusso, la maggior parte di importazione. La sua era una piccola profumeria, ma sicuramente era stato un investimento non da poco. Doveva esserci per forza un finanziatore. Anche se non si era mai sposata, era difficile che nessun uomo le avesse messo gli occhi addosso.

Non capitava tutti i giorni che una profumeria si trasformasse in un albergo a ore, ma la decisione di Chiyoko era comprensibile. Era una donna in grado di capire come girava il denaro in quella zona, ecco perché aveva trovato allettante l'idea. Poi evidentemente era riuscita a convincere il suo vicino, Kubo, a venderle il terreno. Senz'altro doveva esserle costato parecchio.

Kubo Kōnosuke però era nel consiglio di amministrazione, anche se in qualità di semplice dirigente. Se si trattava della stessa persona, era possibile che avesse avuto una parte nella costruzione dell'hotel. Per esempio mettendo a disposizione il terreno. Succedeva spesso. Ma in quel caso avrebbero anche potuto attribuirgli una posizione più elevata. Invece non aveva un ruolo preciso, e come direttore esecutivo figurava una certa Takahashi Sachiko. Forse era una sorella di Chiyoko. Ma se Kubo ci avesse messo il terreno, il suo investimento sarebbe stato fondamentale, tanto da giustificare una posizione di presidente o di amministratore delegato. Quel ruolo di semplice dirigente era troppo poco.

Il capo di sezione lo chiamò.

Erano arrivati tre ospiti, tutti di una cooperativa agricola della prefettura di Yamagata. Ognuno gli porse il suo biglietto da visita. Il capo fece le presentazioni e proseguì:

«Questa cooperativa ha intenzione di avviare una nuova filiera nel campo della trasformazione alimentare, come parte di un programma agricolo. Nello specifico sono interessati alla produzione di insaccati. Finora si sono occupati di conserve di frutta ma adesso hanno intenzione di provare con la carne e vorrebbero avere dei consigli in merito all'aspetto tecnologico e alla distribuzione. Potresti fornire loro le informazioni preliminari?».

Il responsabile della cooperativa fece il nome di un politico, dicendo che li aveva molto incoraggiati, ma si capiva che voleva solo darsi un tono e far sapere che aveva alle spalle qualcuno che lo appoggiava.

Asai, da bravo vicecapo di sezione, diede loro tutte le informazioni necessarie. La trasformazione delle carni era il suo cavallo di battaglia. Le sue conoscenze gli derivavano dalle numerose aziende visitate nel corso degli anni, e dalla frequentazione prolungata di quella di Yagishita.

Mentre parlava Asai continuava a pensare all'Hotel Chiyo.

Perché Kubo Kōnosuke aveva accettato un ruolo di secondo piano? Forse non era un tipo interessato agli affari? O magari aveva potere ma preferiva mantenere un basso profilo? Entrambe le ipotesi erano plausibili.

E che cosa c'era tra lui e Chiyoko? Erano semplici vicini di casa? Due vicini che avevano deciso di mettersi insieme in affari e avevano avviato un'attività, o c'era qualcosa di più?

« Ci piacerebbe visitare un'azienda che produce insaccati, potrebbe consigliarcene una? » chiese l'ospite dopo che Asai ebbe finito di parlare. Era talmente abituato a quelle « consulenze » aziendali che avrebbe potuto anche schiacciare un pisolino mentre parlava. Così aveva continuato a pensare tutto il tempo all'albergo.

« Credo che la Insaccati Yagishita, di Kōbe, faccia al caso vostro. Hanno ottimi impianti e tanta esperienza. Di recente hanno aperto uno stabilimento anche a Higashi-Murayama ».

Il buon vecchio Yagishita.

« Questi sono i numeri del nostro allevamento di maiali. Quanto pensa che dovremmo incrementarlo? ».

Asai rispose indicando un numero appropriato alle dimensioni dell'allevamento.

A questo punto il capo intervenne per cercare di ingraziarseli: « So che molti allevatori locali stanno avendo difficoltà a causa delle attuali misure adottate dal governo, quindi trovo particolarmente lodevole il vostro spirito di iniziativa ». « Spirito di iniziativa » era una formula particolarmente amata dai politici. Il capo la usava spesso quando veniva qualcuno in visita dalle zone rurali.

Scarsamente interessato alle sue parole, Asai riprese a fare le sue congetture sull'Hotel Chiyo.

Quindi Kubo avrebbe potuto essere il finanziatore segreto della signora Takahashi. Strano per due semplici vicini di casa ma non impossibile. In tal caso, sarebbe stato chiaro il motivo per cui avevano aperto insieme l'hotel e perché Kubo aveva scelto di ricoprire una posizione non troppo di spicco nel consiglio di amministrazione. Asai ignorava quale fosse la sua professione, ma abitava in quella grande casa e certamente doveva essere ricco. Se invece erano amanti, aprire la profumeria di Chiyoko così a un passo da casa sarebbe stato davvero sfacciato. No, forse Asai si sbagliava, stava correndo troppo.

«Gradiremmo molto se potesse venire presto a farci visita, pensa che sarebbe possibile?». L'invito del responsabile della cooperativa distolse improvvisamente Asai dalle sue fantasticherie.

«Come?».

«Dicevo, signor Asai, che ci piacerebbe molto che venisse nella nostra prefettura. Siamo tutti alle prime armi, e saremmo lieti di ricevere qualche consiglio».

«Riesci ad andarci in questi giorni?» gli domandò il capo. Ci teneva a fare una buona impressione a quel politico che gli avevano nominato.

Al ritorno da Yamagata, Asai ricevette il fascicolo su Takahashi Chiyoko e Kubo Kōnosuke. L'aveva chiesto prima di partire a un'agenzia investigativa, senza rivelare la propria posizione al ministero. Si era presentato sotto falso nome, aveva spiegato ciò che gli serviva e lasciato un acconto. Anche l'indirizzo che aveva fornito era inventato, quanto al telefono aveva detto di non possederlo. Una volta che il rapporto fosse stato pronto, sarebbe andato lui a prenderlo e avrebbe saldato il conto.

Il giorno in cui tornò da Yamagata telefonò all'agenzia e gli fu detto che il rapporto era pronto. Prese un taxi, pagò quanto pattuito e ricevette in cambio un grosso plico. In questo modo nessuno avrebbe mai saputo chi aveva commissionato quelle ricerche su Takahashi Chiyoko e Kubo Kōnosuke.

I punti essenziali del rapporto erano i seguenti:

Takahashi Chiyoko, 36 anni. Dodici anni fa ha sposato l'imprenditore Ozawa Fumitarō, da cui ha divorziato sette anni dopo. Il motivo del divorzio è stata una relazione extraconiugale di Fumitarō. Chiyoko ha ricevuto molto denaro, anche se non si conosce la cifra esatta. Fumitarō si è risposato di lì a poco.

Dopo il divorzio Chiyoko ha aperto un salone di parrucchiera a Shinagawa, anche se personalmente non ha mai eseguito un taglio, non possedendo alcuna preparazione professionale. Era però dotata di senso degli affari, e il salone aveva molte clienti. È stato in quel periodo che ha cominciato a frequentare un grossista di cosmetici, ma quando la moglie lo ha scoperto sono iniziati i problemi. La donna infatti si presentava spesso nel salone, e nel quartiere sono cominciati i pettegolezzi. Continuare ad abitare nelle vicinanze è diventato complicato per Chiyoko, che tre anni fa ha deciso di trasferirsi nella zona di San'ya, a Yoyogi, dove ha aperto una profumeria. Il grossista di cosmetici si chiama Higai Genkichi, 52 anni. Ha un negozio a Kyōhashi e dispone di un discreto capitale. Naturalmente è stato lui a finanziare l'apertura della profumeria di Chiyoko, e pare che la loro relazione prosegua tuttora. Quest'anno Chiyoko ha acquistato circa trecento *tsubo* di terreno dal vicino di casa, Kubo Kōnosuke e, dopo averci annesso anche i trentacinque *tsubo* della profumeria, ha aperto l'Hotel Chiyo. Presumibilmente anche questa volta è stato Higai a finanziare l'impresa. Kubo fa parte del consiglio di amministrazione dell'hotel perché durante la fase di negoziazione ha preteso di ricevere una parte dei profitti, come si è lasciata sfuggire la stessa Chiyoko. Pare che se non avessero acconsentito lui si sarebbe rifiutato di vendere il terreno. È stato Higai Genkichi a gestire la trattativa. Gli affari dell'Hotel Chiyo vanno a gonfie vele.

Proprio come pensava: Chiyoko non era sola. Era impensabile che una donna attraente come lei non avesse un uomo e infatti ecco che era spuntato fuori un benefattore. Un salone di parrucchiera che deve rifornirsi di cosmetici, un grossista di questi prodotti con cui si stabilisce un contatto che poi si trasforma in una relazione: tutto tornava. E il rapporto degli investigatori dava un senso anche ai prodotti di lusso che si vendevano in quella piccola profumeria, all'acquisto del terreno dal vicino di casa, all'albergo in stile europeo.

Kubo Kōnosuke, 38 anni. Sposato da dieci anni con Kazuko, di sei anni più giovane, niente figli. La casa di San'ya fu costruita da suo padre, un grossista di seta, cinquant'anni fa. Kōnosuke è nato lì e ci ha vissuto fino a quando non ha venduto il terreno per la costruzione dell'hotel.

Laureatosi in economia presso un'università privata, dopo la morte del padre ha preso le redini dell'attività di famiglia; ma poiché gli affari andavano male e l'attività è fallita, è andato a lavorare per suo zio, che possiede un'azienda tessile, dove Kōnosuke è stato messo a capo dell'Ufficio Affari Generali. Per via del precedente fallimento attualmente non ha a disposizione molto denaro, ma dal padre ha ereditato diversi terreni in città. La sua reputazione sul posto di lavoro è buona. Nessuno si è mai lamentato per la sua condotta. Beve poco e solo quando è in compagnia. Dopo la vendita della casa di Yoyogi ha preso in affitto un appartamento al terzo piano del Keyaki Mansion, a Higashi-Nakano.

Sua moglie Kazuko è malata di tubercolosi e da circa un anno e mezzo è ricoverata in una casa di cura tra le montagne di Nagano. Kōnosuke le fa visita l'ultimo fine settimana di ogni mese, restando a dormire la notte tra sabato e domenica. Non ci sono voci di relazioni extraconiugali.

Le ricerche dell'agenzia investigativa, dunque, smentivano la sua ipotesi che ci fosse una relazione tra Chiyoko e Kubo Kōnosuke.

# X

Malgrado il rapporto dell'agenzia Asai però continuava ad avere dei dubbi.

Kubo Kōnosuke non aveva particolari problemi economici. Anzi, suo padre gli aveva lasciato terreni in varie zone di Tokyo. La relazione non diceva dove, ma se erano stati acquistati molti anni prima era possibile che fossero nel centro della città o nelle sue immediate vicinanze. Vicinanze che, in ogni caso, erano oggi parte dei nuovi centri della città, quindi avevano un valore enorme. Senza contare che il lavoro presso l'azienda dello zio doveva garantirgli uno stipendio di tutto rispetto. Anche se dopo la morte del padre aveva fatto fallire l'attività, restava comunque una persona benestante. E non aveva neanche figli.

Perché mai un uomo che non aveva problemi di soldi avrebbe dovuto vendere la bella casa di famiglia alla signora Takahashi? Sicuramente era ben più confortevole di un appartamento in un condominio di Higashi-Nakano. Anche fra i due quartieri non c'era confronto.

È vero che Yoyogi, un tempo tranquillo ed elegante, si stava riempiendo di alberghi a ore. La legge consente ai residenti di bloccare la costruzione di edifici di questo genere nel caso si tratti di zone dove sono presenti delle scuole, ma altrove non c'è legge che tenga. A volte i residenti fanno fronte comune e cercano di opporsi, ma è sempre inutile. Certamente anche quando hanno costruito l'Hotel Chiyo qualcuno avrà protestato per l'ennesima iniziativa che degradava il quartiere. Ma allora perché Kubo ha venduto la propria casa e si è lanciato in un'attività da cui invece avrebbe dovuto prendere le distanze, inimicandosi la gente del quartiere? E per di più facendosi inserire nel consiglio di amministrazione?

Doveva esserci qualcos'altro sotto. L'agenzia investigativa non era andata a fondo. Fra un uomo non ancora quarantenne con una moglie in sanatorio e una donna sulla trentina, divorziata e con una relazione, oltretutto vicini di casa, non era difficile pensare che potesse esserci qualcosa di più di un rapporto di buon vicinato. Doveva essere quello il motivo per cui aveva acconsentito a venderle il terreno e si era fatto coinvolgere in un affare di dubbia moralità, che avrebbe anche potuto nuocere alla sua reputazione.

Se Asai continuava a rimuginare su tutto questo non era per semplice curiosità: gli ultimi istanti della vita di Eiko si erano consumati proprio davanti alla casa di Kubo. Gli sembrava di vedere sua moglie tra Chiyoko e Kubo e aveva la strana sensazione che fosse lei il nesso che li legava.

Inoltre continuava ancora ad assillarlo il pensiero della coincidenza fra la morte di Eiko e il terremoto verificatosi in quelle stesse ore. Anche se non poteva provare che i due fatti fossero collegati tra loro.

Chiyoko non aveva fatto parola del terremoto. Forse perché era avvenuto prima che Eiko entrasse nel suo negozio. Se era così non c'era alcun bisogno di parlarne. Ma se la scossa si fosse sentita quando Eiko era sdraiata per terra nella stanza sul retro del negozio, allora sicuramente le sarebbe rimasto impresso e avrebbe detto qualcosa. O gli abitanti di Tokyo sono così assuefatti ai terremoti da non parlarne mai? Era difficile dirlo, tuttavia Asai non riusciva a togliersi questi pensieri dalla testa.

E poi c'erano gli *haiku* di Eiko. Quelli del bollettino, «Solenne Sōmin Shōrai, mucca di primavera» e «Lanterna dorata di Yamaga, fioritura di luci». A lui non ne aveva mai parlato. Né Eiko era un'amante di oggetti di artigianato popolare. In casa non ne avevano e ad Asai non risultava che la moglie ne acquistasse. Doveva averli visti da qualche parte. Non riusciva a smettere di pensarci, anche se sapeva di non avere alcuna certezza che tutto questo avesse un nesso con la sua morte improvvisa.

Aveva una gran voglia di visitare l'Hotel Chiyo. Doveva però evitare di incontrare la signora Takahashi. Non solo gli mancava una scusa per presentarsi lì, ma se Chiyoko avesse avuto a che fare con la morte di Eiko una visita di Asai l'avrebbe messa sulla difensiva.

Non si illudeva di poter trovare degli indizi in quell'albergo appena costruito – anzi, era abbastanza certo del contrario –, ma sperava di scoprire qualcosa che potesse fargli intuire la verità. Chiyoko e Kubo destavano sempre più i suoi sospetti.

Questa volta però non poteva presentarsi da solo come aveva fatto a Villa Tachibana e al Midori. Lì se l'era cavata con la storiella della moglie scomparsa, ma ora non avrebbe funzionato. Rischiava di trovarsi di fronte Chiyoko da un momento all'altro.

Pensò così di andarci in incognito, insieme a una donna. Ma a chi avrebbe potuto rivolgersi? La sola cosa di cui non disponeva era una donna a cui chiedere di accompagnarlo in un albergo a ore – anche se per finta.

Ovviamente pensò alla cognata, Miyako. Pur di scoprire la verità dietro la morte della sorella avrebbe potuto accettare. Ma anche lei era sposata. Se Asai avesse avuto delle prove concrete sarebbe stato diverso, ma le sue erano solo supposizioni. E se si fosse mantenuto sul vago, Miyako avrebbe anche potuto fraintendere il suo eventuale invito ad accompagnarlo. O forse, conoscendo i suoi sentimenti per Eiko, non avrebbe dubitato di lui, ma presentarsi all'hotel sotto mentite spoglie richiedeva comunque una notevole dose di coraggio, senza contare che non poteva essere sicuro che il marito di Miyako avrebbe acconsentito. Portarcela senza dirglielo era fuori discussione.

Il suo piano dovette quindi essere accantonato, almeno fino a quando non fosse riuscito a trovare una donna disposta ad accompagnarlo.

Asai conosceva Takahashi Chiyoko ma non aveva mai visto Kubo. Voleva sapere che tipo era, guardarlo in viso almeno una volta.

L'agenzia investigativa gli aveva fornito l'indirizzo di casa sua a Higashi-Nakano, come anche quello del suo ufficio presso l'azienda tessile R. di Kyōhashi, con il relativo numero di telefono. Quale dei due gli avrebbe offerto maggiori opportunità di poterlo vedere senza farsi scoprire?

Poteva andare a casa sua e restare nel ballatoio in attesa che Kubo entrasse o uscisse. Il problema era che non sapeva quando questo sarebbe avvenuto, e se si fosse aggirato troppo a lungo nel palazzo avrebbe destato i sospetti dei vicini o del portiere. Gli era già capitato che lo scambiassero per un ladruncolo mentre sbirciava all'interno del negozio di Chiyoko, quando quel signore alto con il cane si era fermato per controllare i suoi movimenti. Un visitatore che si aggira troppo a lungo per un condominio è sicuramente sospetto.

L'alternativa era recarsi all'azienda tessile R. Trattandosi del suo posto di lavoro, a meno che non fosse in viaggio per affari, Kubo doveva esserci per forza. E per un estraneo era più semplice presentarsi lì. Un'azienda è un po' come una strada: c'è un andirivieni continuo di persone, anche in ufficio da lui era così. Asai optò per l'azienda.

Verso l'ora di pranzo disse al suo superiore che aveva una faccenda personale da sbrigare e uscì. Arrivò a piedi a Toranomon, prese la metropolitana, in una ventina di minuti arrivò a Kyōhashi, e da lì impiegò altri dieci minuti per raggiungere l'azienda R.

Gli uffici occupavano cinque stanze al quarto piano dell'edificio. Le porte che si affacciavano sul corridoio erano di vetro satinato e non permettevano di vedere all'interno. Inoltre, a differenza del ministero, sulle porte non c'erano targhe che indicassero di chi era ciascun ufficio, per cui non riuscì a individuare subito quello di Kubo.

Asai portava degli occhiali da sole scuri. Voleva camuffarsi almeno un po'. Nessuno si sarebbe insospettito, perché da qualche tempo quel modello di occhiali si vedeva parecchio in giro. Li portava anche quando aveva fatto visita all'agenzia investigativa.

Mentre camminava su e giù per il corridoio fingendo di aspettare qualcuno, vide aprirsi una porta in fondo, vicino all'ascensore, e uscirne una ragazza. Indossava una camicetta verde acqua e una minigonna, e teneva in mano dei documenti.

Asai le si avvicinò.

«Mi scusi, lavora qui alla R.?».

«Sì».

«Saprebbe dirmi dove si trova l'Ufficio Affari Generali?».

«È quello laggiù» disse lei indicando la porta accanto a quella da cui era appena uscita.

«Ah, bene. Sa se il signor Kubo è in stanza in questo momento?» domandò Asai scandendo il nome perché la giovane capisse bene.

«Sì, credo che ci sia».

«Il capoufficio è il signor Kubo Kōnosuke, vero?».

La donna gettò uno sguardo al volto di Asai, parzialmente nascosto dagli occhiali scuri.

«Sì, è lui...».

«No, perché, vede... adesso ho un appuntamento in un altro ufficio, e pensavo, quando finisco, di andare dal signor Kubo. Solo che è la prima volta che vengo qui da voi, non credo di averlo mai incontrato, e quindi ho pensato che era meglio passare prima per vedere che aspetto aveva. Giusto per essere sicuro poi di non sbagliarmi».

La spiegazione di Asai non era un granché, ma la ragazza non parve farci caso e gli aprì subito la porta, invitandolo a entrare.

«Grazie...» rispose Asai sottovoce, quindi fece un passo avanti ma sempre cercando di nascondersi dietro di lei. Aveva paura che qualcuno si voltasse a guardarlo, ma non appena fu dentro si rese conto che non c'era da preoccuparsi. Era una stanza molto grande, con file di scrivanie attaccate le une alle altre, gremita di impiegati che lavoravano con la testa china sulle loro carte. Non lo degnarono di uno sguardo. All'entrata si trovava il banco della reception, ma in quel momento non c'era nessuno.

«Qual è il signor Kubo?» sussurrò Asai all'orecchio della donna.

«È quello laggiù» indicò lei con discrezione, stringendosi i documenti al petto. In fondo alla stanza, vicino alla finestra, c'erano tre scrivanie con cinque o sei uomini, alcuni seduti, altri in piedi.

«Quale...?» chiese, sempre a bassa voce, Asai.

«Il signore alto che è seduto al tavolo in fondo. Con gli occhiali... Ecco, vede? Sta parlando con il caposezione lì in piedi di fronte a lui. È quello il signor Kubo».

La donna fece un cenno con la testa per indicare ad Asai in che direzione guardare.

«Ah, quello con gli occhiali... che si è appena messo in bocca una sigaretta?» le chiese ancora, sentendosi un nodo alla gola.

«Esatto, proprio lui».

«E che ora ha preso l'accendino...?».

«Sì».

Asai fece un rapido inchino e uscì dalla stanza più velocemente che poté.

Dunque Kubo... era l'uomo che in primavera lo aveva sorpreso a spiare dalla porta nella Profumeria Takahashi. Quello con il pullover grigio e un pastore tedesco al guinzaglio, che lo fissava dal marciapiede opposto. L'uomo dal viso lungo che lo aveva visto scappare via come un ladro.

Asai corse immediatamente all'agenzia investigativa, che si trovava a Kanda.

Lo accolse la stessa persona dell'altra volta.

« Vorrei un supplemento d'indagine sulla ricerca che vi ho affidato il mese scorso » disse Asai senza togliersi gli occhiali da sole.

« Perché? C'era qualcosa che non andava? » ribatté l'investigatore aggrottando leggermente le sopracciglia.

« No, affatto. Ma stavolta vorrei che vi concentraste in modo particolare sul signor Kubo Kōnosuke ».

« Che cosa le interessa sapere di lui? ».

« Che vita faceva quando abitava a Yoyogi ».

« Capisco... quindi non oggi... quando abitava ancora a Yoyogi ».

« Sì, naturalmente mi interessa anche quello che fa oggi, ma prima di tutto vorrei avere informazioni sul tipo di vita che conduceva lì... Quando ancora non c'era l'hotel ».

« La demolizione della casa è avvenuta alla fine di aprile. Mi faccia pensare... Non è semplice indagare sulla sua vita prima di allora ».

« Non baderò a spese ».

« Vede, il problema è che in quella zona i rapporti di vicinato sono praticamente inesistenti. Significa che non possiamo contare su quello che dice la gente del quartiere. Mi faccia ragionare un attimo su come possiamo muoverci... ».

Il detective incrociò le braccia.

« Conto su di voi ».

« Quello che ci chiede sul signor Kubo è un po' vago, c'è qualcosa in particolare che vuole sapere? ».

«Ha ragione, mi interessa sapere se il pomeriggio del 7 marzo era a casa».

L'altro prese nota. «Il pomeriggio del 7 marzo, dice...».

«Quel giorno, alle 15:25, c'è stato un forte terremoto».

«Un terremoto? E cosa potrebbe avere a che fare il terremoto con il signor Kubo?».

«Forse nulla, ma magari è un elemento che può aiutarvi nelle indagini. Un giorno in cui c'è stato un forte terremoto la gente lo ricorda più facilmente».

«Sì, certo. Quindi vuol sapere se quel giorno Kubo era a casa e cosa stava facendo quando c'è stato il terremoto?».

«Esatto. Non solo all'ora del terremoto, tutto il pomeriggio. O almeno fino alle quattro».

«Non riesce a essere più preciso? Ci aiuterebbe molto se potesse fornirci qualche elemento in più».

«Capisco. Quello che voglio sapere è se quel pomeriggio il signor Kubo ha ricevuto qualcuno».

«Ah... Intende dire una donna?».

L'investigatore, che precedentemente aveva raccolto informazioni su Kubo e Chiyoko, doveva aver pensato che Asai si riferisse a lei.

«Non parlo solo della signora Takahashi. Forse si è visto con lei, ma magari può essersi incontrato anche con qualcun altro...».

«Qualcun altro?».

«Donna o uomo, non importa. Mi interessa sapere chi è stato a casa sua quel pomeriggio».

Asai si teneva deliberatamente sulle generali. Nella sua mente c'era Eiko, ma non poteva parlarne, neanche in maniera vaga. Se Eiko era stata a casa di Kubo sarebbe venuto fuori sicuramente una volta scoperto chi gli aveva fatto visita quel pomeriggio.

«Immagino che potrebbe saperlo soltanto qualcuno che frequenta la casa» disse l'investigatore con aria pensierosa. « Ma la moglie è ricoverata in un ospedale nello Shinshū... forse la domestica ».

« Sì, la domestica potrebbe essere un'idea, ma nel rapporto che mi avete consegnato c'è scritto che Kubo ne aveva solo una a ore ».

« Sì, che si era procurato tramite un'agenzia specializzata ».

« Quindi contattando l'agenzia potreste rintracciarla, giusto? ».

« Sì. Ma bisogna tener presente che in alcuni casi le domestiche si alternano. Come prima cosa dunque bisogna capire chi era in servizio a casa sua il 7 marzo ».

« Le domestiche che hanno frequentato quella casa in altri giorni potrebbero comunque fornirci informazioni sulla sua vita privata, ma per ora è meglio concentrarsi sul 7 marzo. Crede che riuscirà a trovarla? ».

« Se lavora ancora con la stessa agenzia non dovrebbe essere difficile rintracciarla e parlarle. In caso contrario potrebbe occorrerci un po' più di tempo ».

« Sono nelle vostre mani ».

« D'accordo. C'è altro che le interesserebbe sapere? ».

« Be', in effetti sì » disse Asai dopo averci riflettuto per qualche istante. « Vorrei sapere quali sono gli interessi del signor Kubo, a parte il lavoro ».

# XI

Era davvero Kubo l'uomo che lo stava osservando quel giorno?

Da quando lo aveva visto in faccia all'azienda tessile R., questo pensiero non abbandonò più la mente di Asai.

Era stato un pomeriggio di sole all'inizio della primavera. Mentre cercava in tutti i modi di sbirciare all'interno della profumeria della signora Takahashi, aveva percepito una presenza alle sue spalle. Non aveva sentito rumore di passi né voci, solo l'intensità di uno sguardo, simile alla forza di un'onda che si infrange sugli scogli. Era per quello che si era voltato – come se lo scoglio fosse la sua schiena –, e lo aveva visto dall'altro lato della strada con un cane al guinzaglio. Si capiva che lo stava osservando già da un po'.

Preoccupato che lo potesse prendere per un ladro, Asai si era mosso lentamente... Se si fosse allontanato in fretta avrebbe destato maggiori sospetti, quindi con calma si era incamminato nella direzione opposta, anche se a lungo aveva continuato a sentirsi a disagio, nel timore che quell'uomo potesse chiamarlo e chiedergli cosa ci faceva lì.

Quel volto allungato e scuro, scorto per un attimo in

controluce, era come una fotografia sottoesposta; tutto quello che Asai era riuscito a distinguerne erano gli occhiali e il naso. Ma col tempo, a partire dal poco che aveva visto, mentalmente se ne era fatto un'immagine. E ora quell'immagine si era materializzata in Kubo Kōnosuke.

L'uomo con il cane non aveva l'aria di un vicino di casa premuroso, che vigila per fare una cortesia al dirimpettaio, ma di chi sta tenendo d'occhio una sua proprietà. Nel suo atteggiamento, come nel modo di guardare, c'era qualcosa di ostile.

Non poteva essere altrimenti. Se quello era Kubo, ora capiva perché lo aveva guardato così.

Nel caso avesse una relazione clandestina con Chiyoko, un uomo intento a sbirciare all'interno della profumeria non poteva che attirare la sua attenzione. Se si fosse convinto che era un ladro, gli avrebbe anche potuto sguinzagliare contro il pastore tedesco. O forse lo osservava con apprensione, sospettando che potesse avere un qualche legame con Chiyoko. Qualunque cosa stesse pensando, certo in quel momento non era tranquillo.

Ecco perché Asai si era rivolto di nuovo all'agenzia investigativa: doveva assolutamente scoprire che rapporto c'era tra Kubo e Chiyoko. Era necessario indagare a fondo per capire se davvero il posto riservato a Kubo nel consiglio di amministrazione dell'Hotel Chiyo fosse, come sosteneva Chiyoko, un riconoscimento per aver acconsentito alla vendita del terreno.

Fortunatamente Asai quel pomeriggio non si era fatto vedere in viso, tranne che per qualche secondo, quando – accortosi della sua presenza – si era voltato a guardarlo. E anche all'azienda tessile R. era rimasto accanto alla porta, mentre Kubo era preso dalla conversazione con i dipendenti e non si era voltato nella sua direzione. Negli uffici capita spesso di incontrare sconosciuti, una volta si tratta di qualcuno venuto a vendere una polizza assicurativa, un'altra di un committente esterno, gli impiegati lo sanno e non ci badano più di tanto. Infatti quel giorno lo avevano ignorato. Senza contare che portava gli occhiali da sole.

Prima o poi lui e Kubo si sarebbero incontrati. Doveva fare in modo che fino a quel momento lui non lo vedesse mai in viso. Ancora più importante era che non sapesse che era il marito di Eiko. Ne andava della sua reputazione al ministero, così come della sua credibilità tra i colleghi dell'ufficio. Voleva che lo prendesse per uno appena incontrato per strada, che fosse ignaro del suo aspetto, del suo nome, della sua occupazione.

Asai trascorse in preda all'ansia le due settimane che l'agenzia investigativa impiegò per le ricerche. Gli avevano detto che per raccogliere informazioni sulla vita di Kubo e su ciò che aveva fatto il 7 marzo si sarebbero rivolti alla cameriera. Non conoscevano il suo attuale posto di lavoro, ma l'avrebbero rintracciata. Era gente del mestiere, che conduceva indagini come la polizia, e alla fine sarebbero riusciti a scovarla.

Era strano che una casa grande come quella fosse affidata alle cure di una sola governante, ma a quei tempi erano in molti a lamentarsi della penuria di domestiche. Kubo viveva solo con la moglie, che tra l'altro era ricoverata in un sanatorio dello Shinshū, quindi non aveva bisogno di una domestica a tempo pieno. Magari si era liberato della casa proprio perché gli risultava troppo difficile da mantenere. Lo dicono tutti che se non si hanno figli la cosa migliore è prendersi un appartamento in un bel condominio.

Asai aveva sempre collegato la vendita di quella grande ed elegante residenza a un presunto legame tra Kubo e Chiyoko. Benché non avesse ancora accantonato quest'idea, ora voleva aspettare la relazione dell'agenzia investigativa per confrontare i propri sospetti con il racconto della governante.

Le nuove ricerche avrebbero chiarito molte cose. Per esempio le abitudini di Kubo. Il tipo di rapporti che aveva con Chiyoko, forse. Ma soprattutto se della sua vita avesse fatto parte anche Eiko.

Asai si era rivolto all'agenzia sotto falso nome, aveva commissionato le indagini e li aveva pagati in contanti. Per loro era un perfetto sconosciuto. Quindi, se anche Eiko avesse fatto parte della vita di Kubo, gli investigatori non si sarebbero resi conto di quale significato una simile scoperta potesse avere per lui. Ignari del legame tra il committente ed Eiko, avrebbero messo ogni cosa nero su bianco.

Qualcosa intervenne ad alleviare la lunga attesa di Asai. Si trattava di un viaggio di lavoro di una settimana circa tra le prefetture di Ishikawa e Yamanashi.

In entrambe le prefetture, alcune cooperative di agricoltori erano interessate a convertire le loro attività dalla coltivazione del riso alla produzione di carne. Asai era stato invitato a tenere un ciclo di conferenze in diverse cittadine e villaggi sull'industria di trasformazione delle carni. Il ministero dell'Agricoltura aveva cercato di limitare la sovrapproduzione di riso convincendo gli agricoltori a ridurre l'estensione dei terreni destinati alla coltivazione, ma era chiaro che le misure adottate non erano sufficienti. I coltivatori locali, dal canto loro, sapevano bene che si trattava di una soluzione provvisoria. L'economia era in crisi, il settore alimentare rischiava di collassare e tutti già vedevano un futuro nero. Erano sempre più numerosi i contadini – e da un po' di tempo il fenomeno riguardava anche le donne – che, finita la stagione, lasciavano le terre per andare a cercare lavoro in città, ma lo facevano a malincuore. Occorreva diversificare la produzione, abbandonare i vecchi modelli di gestione familiare in cui gli uomini coltivavano, mentre gli anziani e le donne allevavano i maiali. Il progetto era di convincere intere comunità a collaborare fra loro, mettendo su aziende di tipo moderno, più adatte a far fronte al futuro.

A ogni elezione il capo di ciascuna cooperativa locale raccoglieva voti tra i membri e, quando a Tokyo il governo in carica era chiamato a legiferare sul prezzo del riso, era sempre lui a organizzare lo schieramento dei contestatori davanti al palazzo del ministero. E ora era lui a pronunciare il discorso di saluto prima della conferenza di Asai. Il quale, con il contegno proprio di un funzionario nella sua posizione, impartiva al pubblico nozioni di tecnologia della trasformazione alimentare e gestione d'impresa. Oltre all'industria delle carni c'era quella della frutta e, per chi viveva sulla costa, anche quelle del pesce e dei molluschi. In questo caso Asai doveva essere affiancato da un rappresentante del ministero della Pesca, mentre normalmente se la poteva cavare benissimo da solo. Un veterano come lui in materia di trasformazioni alimentari non temeva il confronto neanche con dei tecnici specializzati.

In provincia lo accolsero con tutti gli onori. L'albergo non era granché, ma il cibo era sempre freschissimo. Di tanto in tanto qualche *geisha* intratteneva gli ospiti durante le cene. L'unico problema per Asai era riuscire a tener testa a tutti quei grandi bevitori che volevano brindare alla sua salute. Di giorno, però, durante i vari spostamenti, aveva anche l'occasione di visitare luoghi turistici famosi.

Tutto questo lo aiutava a distrarsi, ma nelle pause ritornava prepotente il pensiero dell'agenzia investigativa. A che punto saranno le ricerche? E come sarà la relazione finale?

Intorno a lui non mancava chi gli invidiava di ritrovarsi nuovamente celibe.

«Bello essere liberi...» gli dicevano i colleghi dell'ufficio.

«Non sai quanto ti invidiamo... Puoi rincasare quando ti pare, perfino restare a dormire fuori casa, e non c'è nessuna donna che si lamenti per questo».

«Puoi fare quello che vuoi, beato te. È come una seconda giovinezza. Mia moglie invece non me ne fa passare una».

Ma Asai non era un amante della bella vita. Non aveva mai tradito la moglie, nemmeno per una scappatella. Se nella sua posizione di funzionario sapeva cavarsela bene, nella vita privata le cose andavano in modo molto diverso. Essendo del tutto sprovvisto delle qualità che attirano le donne, aveva avuto ben poche esperienze e, consapevole dei propri limiti, non sprecava tempo a cercare di sedurle. Se pure ne avesse avuto il desiderio, gli mancava il coraggio. L'interesse per le donne era ormai acqua passata. Nonostante quello che supponevano i colleghi, dunque, la sua libertà non ne faceva certo un viveur. Forse se avesse avuto più denaro a disposizione sarebbe stato diverso, ma non era il suo caso. Non aveva alcuna intenzione di usare lo stipendio per comprarsi la compagnia di una donna.

C'era anche chi gli domandava senza troppi giri di parole se avesse già iniziato a cercarsi una nuova moglie, ed era invidiato per la possibilità di trovarsi una donna più giovane.

Lui ancora non ci pensava. Forse con l'anno nuovo, dopo il primo anniversario della morte di Eiko, qualcuno glielo avrebbe suggerito. I ficcanaso sono sempre in agguato. Asai però non era molto interessato. Le donne della sua età si portavano dietro il loro passato, con cui inevitabilmente si sarebbe dovuto confrontare. E questo non prometteva bene. D'altra parte, nemmeno una donna troppo insignificante e tranquilla avrebbe fatto al caso suo. Asai era tutto fuorché estroverso, e con una donna simile a lui l'atmosfera in casa sarebbe stata grigia e noiosa. Avrebbe voluto una moglie simpatica, intelligente, cordiale e femminile, ma un funzionario pubblico di più di quarant'anni e al terzo matrimonio non poteva certo aspirare a tanto. Di questo era consapevole e non si aspettava granché dal futuro.

Non era abbastanza sicuro di sé da ambire a una donna molto più giovane di lui. Lo avrebbe destinato a farsi prendere in giro. Chissà cosa avrebbe combinato fuori dalle mura domestiche. E lui sarebbe finito in mano ad agenzie investigative e detective privati. Da quel punto di vista Eiko bastava e avanzava.

Finalmente arrivò il giorno della consegna del rapporto.

Asai inforcò gli occhiali scuri e si recò all'agenzia.

Gli andò incontro lo stesso signore della volta prima. « È stata dura, ma alla fine abbiamo trovato la governante. Aveva cambiato agenzia. Al nostro investigatore è toccato girare un bel po'. A quanto pare se ne è tornata al paese, nella prefettura di Yamanashi. Motivo per cui anche le spese di viaggio sono state maggiori del previsto ».

« Pagherò le spese extra, non si preoccupi ».

« In compenso sono certo che sarà soddisfatto del risultato... Ecco qui ».

Così dicendo, gli porse un grosso plico simile al precedente, chiuso con del nastro adesivo. Aveva tutta l'aria di un dossier della massima segretezza. Era anche un po' più voluminoso del primo.

Asai staccò il nastro adesivo e tirò fuori i fogli su cui era stata stilata la relazione con un inchiostro blu. In alto a destra era stato apposto il timbro rosso « Riservato ».

La signora Hanai Komako (35 anni), all'epoca cliente di un'agenzia di collocamento della zona, ha dichiarato di aver lavorato come domestica presso l'abitazione del signor Kubo Kōnosuke a San'ya, Yoyogi, dall'ottobre dell'anno scorso alla fine di marzo di quest'anno. Tuttavia non abitava a casa sua, ma vi si recava ogni mattina intorno alle 7:30 per poi rientrare alle 19:00 presso gli alloggi messi a disposizione dall'agenzia. Segue il racconto delle abitudini quotidiane del signor Kubo...

Dopo aver dato un'occhiata alle prime righe, Asai infilò di nuovo i fogli nella busta.

« È il momento di pagare. Quanto le devo? ».

Uscito dall'agenzia, entrò in un caffè nelle vicinanze e si mise a leggere il seguito del rapporto.

Hanai Komako aveva diritto a tre giorni di riposo al mese, che decideva di comune accordo con il signor Kubo Kōnosuke, sulla base delle necessità di entrambi. Le sue mansioni includevano la preparazione dei pasti, le pulizie e il bucato, ma quest'ultimo compito non era particolarmente faticoso perché il signor Kubo viveva solo e inoltre portava quasi tutto in tintoria. Le pulizie erano più impegnative perché la casa era piuttosto grande, come pure il giardino, e a volerle fare per bene ci sarebbe voluto molto tempo. Tuttavia il signor Kubo le aveva detto di limitarsi a pulire le stanze che usava quotidianamente, e di curare soltanto la parte del giardino più vicina all'ingresso. Sul retro il signor Kubo teneva un pastore tedesco di cui, però, si occupava personalmente. Era un amante dei cani e prima di quello aveva avuto un akita e un collie.

Al mattino Kubo consumava una colazione leggera, mentre all'ora di pranzo restava sempre in ufficio (e anche nei suoi giorni liberi mangiava solo un panino). Invece per cena gradiva pesce o carne, ma in generale non era molto esigente. Quando rincasava tardi, o magari aveva cene di lavoro, la avvisava in anticipo. Se cambiava programma all'ultimo momento le telefonava, così lei poteva chiudere casa e andarsene già alle quattro del pomeriggio.

La signora Hanai entrava raramente nella stanza della moglie di Kubo, che era ricoverata in un ospedale nello Shinshū. Si occupava lui stesso di tenerla in ordine, anche se la signora Hanai si era fatta l'idea che il motivo per cui preferiva non farla entrare fosse che in quella camera si trovavano oggetti di valore.

Lontano dalla moglie e senza figli, il signor Kubo conduceva un'esistenza solitaria. Non sembrava andare in cerca di divertimenti e la signora Hanai non aveva mai avuto motivo di dubitare che la sua condotta fosse irreprensibile. Non giocava a golf né a *mahjong*, e i suoi unici interessi erano la lettura e l'artigianato tradizionale. Collezionava manufatti provenienti da tutte le regioni del Giappone, che teneva esposti nel salotto, nello studio e sulle mensole della stanza più grande. In particolare, aveva un'importante collezione di aquiloni di carta, anch'essi messi in bella mostra in varie stanze della casa, appesi alle pareti e al soffitto. Amava la lavorazione della carta e possedeva molte lanterne, di varie forme. La signora Hanai gli aveva chiesto da dove venissero, e lui le aveva spiegato che erano lanterne di Yamaga, provenienti da Higo.

Per Asai fu come un'illuminazione.

*Lanterna dorata di Yamaga, fioritura di luci.*

Dunque Eiko aveva visto la lanterna a casa di Kubo. Fino a quel momento aveva avuto solo dei sospetti, ma di fronte a questa prova così evidente Asai restò senza fiato. La musica di sottofondo del locale si fece improvvisamente assordante alle sue orecchie, e il cuore prese a battergli all'impazzata.

Dopo un istante di smarrimento, i suoi occhi percorsero febbrilmente le righe restanti del rapporto:

Stando alla testimonianza di Hanai Komako, il signor Kubo e la sua vicina, Takahashi Chiyoko, non erano amici. La signora Takahashi gestiva una profumeria accanto a casa sua e a parte salutarsi quando si incontravano per strada non avevano altri rapporti, né tantomeno alla domestica risultava che si facessero visita. Questo, naturalmente, durante le ore che la signora Hanai trascorreva a casa di Kubo, ma certo non poteva sapere quello che accadeva dopo le diciannove e nei giorni in cui non lavorava. Però se tra loro vi fosse stata una relazione, qualcosa sarebbe trapelato, mentre lei non notò mai nulla.

I giorni liberi di Hanai Komako, come già detto, erano tre al mese e venivano stabiliti insieme di volta in volta, anche se di solito era il signor Kubo a comunicarglieli con qualche giorno di anticipo. Non capitavano quasi mai di domenica. Si trattava in genere di giornate lavorative. Poi c'erano i giorni, alla fine di ogni mese, in cui il signor Kubo andava a trovare la moglie nello Shinshū.

Il 7 marzo era un venerdì. Obbedendo alle istruzioni ricevute due giorni prima dal signor Kubo, la signora Hanai non andò a lavorare. Il mattino dopo, arrivata a casa sua, notò però qualcosa di diverso dal solito. Uno dei pannelli del *tatami* della stanza grande era stato rimosso e portato sul retro, con evidenti segni di bruciature. Anche il pannello più basso del *fusuma* era bruciato per metà. In cucina c'erano alcuni secchi per terra. Gli altri *tatami* e i *fusuma* erano ancora tutti bagnati, come anche il piano della stufa a gas. Tutto faceva pensare che il giorno precedente si fosse verificato un principio di incendio.

Sorpresa, la signora Hanai chiese spiegazioni al signor Kubo, che rispose: «Mentre ero in bagno, il giornale ha preso fuoco per via di una sigaretta che avevo lasciato accesa lì vicino. Poi anche il *tatami* e il *fusuma* hanno preso fuoco, perciò sono corso in cucina a prendere dell'acqua per spegnere le fiamme. Ancora un attimo e sarebbe finita male. Per fortuna me ne sono accorto in tempo». Quindi il 7 marzo il signor Kubo era stato in casa tutto il giorno.

## XII

Dopo aver esaminato attentamente il rapporto dell'agenzia investigativa, Asai cominciò a ipotizzare che Eiko non fosse morta nella profumeria di Chiyoko, ma che qualcuno ce l'avesse portata quando era già senza vita. Ecco i dati principali di cui disponeva:

1. Il 7 marzo la governante Hanai Komako non era andata a lavorare. E lo stesso valeva per Kubo, che non si era presentato in ufficio. Poteva essere rimasto in casa da solo per l'intera giornata.

2. La mattina dell'8, quando Hanai Komako andò a casa di Kubo, trovò parte del *tatami* e del *fusuma* bruciati. Kubo le disse che mentre era in bagno un giornale aveva preso fuoco per via di una sigaretta lasciata accesa, e che a stento era riuscito a contenere l'incendio. Anche sulla stufa c'erano tracce d'acqua.

3. In cucina c'erano tre secchi, che evidentemente erano serviti a trasportare l'acqua da gettare sulle fiamme. Di solito i secchi erano solo due. Erano ancora bagnati, con residui d'acqua sul fondo.

4. Alle 15:25 del 7 marzo, a Tokyo si era verificato un terremoto di terzo grado. A quanto era scritto sul gior-

nale cadevano oggetti dalle mensole e le persone si erano riversate in strada.

5. Le previsioni del tempo per quella giornata dicevano: « A partire dalla sera del 6 e per tutta la giornata del 7 marzo il Kantō sarà attraversato da un fronte di aria gelida. Le temperature si abbasseranno di tre gradi rispetto alla media stagionale. Nelle zone di montagna potrebbe nevicare ».

6. Kubo collezionava oggetti di artigianato tradizionale. Stando al racconto di Hanai Komako, teneva esposti in varie stanze della casa, anche appesi al soffitto, aquiloni di carta provenienti da tutto il paese.

7. Tra gli oggetti della sua collezione c'erano anche alcune lanterne di Yamaga provenienti da Higo.

8. Nessun negozio, a Tokyo, aveva mai venduto o esposto lanterne di Yamaga. Neanche i centri commerciali. Asai se ne era accertato dopo aver letto il rapporto. Alcuni centri commerciali avevano organizzato delle mostre di artigianato di Kumamoto o del Kyūshū, ma senza mai esporre quel tipo di lanterne.

9. Uno degli *haiku* menzionava una lanterna di Yamaga. Eiko doveva averla vista a casa di Kubo. Probabilmente anche l'amuleto di Sōmin Shōrai faceva parte della sua collezione.

10. Hanai Komako aveva detto che Kubo e Chiyoko non andavano oltre i saluti quando si incontravano per strada. Chiyoko non era neanche mai stata a casa sua.

Ora si trattava di riuscire a mettere insieme quei dati e vedere cosa ne veniva fuori.

Stando al racconto di sua cognata Miyako, il 7 marzo Eiko era uscita di casa intorno all'una. Evidentemente era andata da Kubo.

La cameriera Hanai Komako aveva diritto a tre giorni di riposo al mese, che però non erano fissi e in genere le venivano comunicati da Kubo un paio di giorni prima. In questa maniera riusciva a tenerla fuori di casa quando gli faceva più comodo. Il 7 marzo aveva invitato Eiko. Ogni volta che si incontravano probabilmente prendevano appuntamento per la volta successiva.

La cameriera aveva anche detto che di tanto in tanto Kubo tornava dall'ufficio all'ora di pranzo, permettendole di andarsene prima. Lo faceva perché aspettava Eiko. Tre incontri al mese, nelle giornate libere della donna di servizio, non erano un granché per una relazione clandestina.

Quello che Asai ancora non era riuscito a scoprire era in quali circostanze Eiko e Kōnosuke si fossero conosciuti. Il solo che potesse dirglielo era il diretto interessato, ma per il momento la cosa non era rilevante. Doveva concentrarsi sui fatti.

All'inizio aveva pensato che Eiko si incontrasse con un altro uomo in un albergo. Per questo aveva fatto visita ai tre alberghi in cima alla salita, rispetto ai quali, tuttavia, un'abitazione privata come quella di Kubo era un luogo sicuramente più tranquillo. Lì non rischiavano di farsi vedere dalla servitù ed erano anche al riparo da situazioni imbarazzanti come incontrare altri ospiti all'entrata. Era una casa molto grande e il giardino la separava dagli edifici circostanti. Se anche avessero gridato nessuno li avrebbe sentiti.

La governante aveva raccontato che c'era una sola stanza, in stile occidentale, in cui non le era consentito di entrare a fare le pulizie. Sosteneva che fosse quella della moglie di Kubo, attualmente ricoverata presso un sanatorio nello Shinshū, ma probabilmente si trattava della camera da letto usata da lui. Forse c'erano due letti singoli oppure uno matrimoniale. Ma visto che la moglie di Kubo non viveva lì, chi usava l'altro letto o l'altra metà del letto matrimoniale? Si occupava lui delle pulizie. La domestica aveva sospettato che il motivo per cui le proibiva di entrare fosse che la stanza conteneva oggetti preziosi, ma la ragione con tutta probabilità era un'altra. Kubo non voleva che la cameriera curiosasse là dentro e scoprisse qualcosa.

All'inizio Asai non riusciva a immaginarsi Eiko in casa di Kubo. Conosceva sua moglie alla perfezione. Ma la Eiko che si vedeva con Kubo non era sua moglie: era un'altra donna. Una donna a lui del tutto sconosciuta, che aveva represso i desideri del marito prendendo a pretesto la fragilità della sua salute e che, una volta stabilitasi quella vita coniugale castigata, forse si era sentita intrappolata dalla monotonia che proprio lei aveva imposto ai loro rapporti, e aveva cercato uno sfogo all'esterno.

Asai tentò di darsi questa spiegazione, ma era duro accettare che la donna che aveva sposato potesse aver fatto una cosa del genere. La convivenza con Eiko lo rendeva incline a respingere simili odiose congetture. O forse semplicemente si rifiutava di vederla per ciò che era, e di ammettere che si era presa gioco di lui.

Alle 15:25 del 7 marzo, a Tokyo si era verificato un terremoto. Aveva fatto cadere oggetti dalle mensole, il che significava che la casa di Kubo Kōnosuke, costruita prima della guerra, aveva senz'altro tremato. Che fossero attaccati alle pareti o appesi al soffitto, era molto probabile che alcuni degli aquiloni di carta fossero caduti vicino alla stufa.

Normalmente il 7 marzo il clima è mite e non occorre accendere la stufa per scaldarsi. Dalla sera prima, però, e per tutta la giornata, un fronte di aria gelida aveva attraversato il Kantō abbassando le temperature di tre gradi rispetto alla media stagionale. Per questo la stufa era accesa. Un aquilone c'era caduto sopra, prendendo fuoco, e le fiamme si erano propagate al *tatami* e al *fusuma*.

Non era dato sapere in quale stanza si trovassero, in quel momento, Kubo Kōnosuke ed Eiko, né cosa stessero facendo. Si poteva pensare che si fossero accorti subito del principio di incendio e fossero riusciti a spegnerlo evitando il peggio. A giudicare dalle bruciature sul *tatami* e sul *fusuma* si sarebbe detto che avevano fatto appena in tempo.

Cosa faceva pensare che Eiko e Kōnosuke fossero insieme? La prova si trovava nel rapporto dell'agenzia investigativa. La domestica aveva detto che la mattina dopo aveva trovato in cucina *tre* secchi con delle tracce d'acqua e questa era una testimonianza decisiva.

Chi deve spegnere un incendio da solo usa un secchio, al massimo due. Colto di sorpresa, andrà a riempire un recipiente e si affretterà a rovesciare l'acqua sul fuoco. Una volta sola però non è sufficiente, le fiamme si affievoliscono ma bastano pochi istanti a farle ravvivare. Il fuoco si propaga là dove è stata versata meno acqua. Se si è da soli si torna in cucina e si riempie di nuovo il secchio per correre un'altra volta verso le fiamme, ma non si ha il tempo di riempirne anche un altro. Al massimo lo si potrà riempire a metà, ma non è detto che ci si riesca.

Se invece si è in due, mentre uno corre, l'altro riempie il secchio. Poi il primo torna, lo prende, va a versare l'acqua, e intanto l'altro ne riempie un secondo, e se è veloce anche un terzo. Da soli è impossibile usare tre secchi, ma in due si può. E si può anche fare avanti e indietro ciascuno con il proprio secchio. Se le fiamme non si erano diffuse oltre il *tatami* e il *fusuma* era stato grazie all'aiuto di una seconda persona.

Era andata senz'altro così. In quel momento Eiko si trovava insieme a Kōnosuke, in casa sua.

Di fronte a un incendio, chiunque sarebbe colto alla sprovvista e si spaventerebbe. Ci si immagina il fuoco propagarsi per tutta la casa, le fiamme che lambiscono il soffitto. Spesso chi ha vissuto questo genere di esperienza racconta di non ricordare come sia riuscito a domare l'incendio perché in quel momento era fuori di sé e nemmeno si rendeva conto di stare svuotando secchi d'acqua sulle fiamme. Sono gesti che si compiono in preda al panico. Il battito accelera, il fiato si fa corto e viene l'affanno, come quando si arriva in cima a una salita.

Ci sono, pensò Asai. È stato allora che Eiko ha avuto l'infarto.

Eiko aveva un cuore debole, il medico le aveva proibito di fare grandi sforzi e prescritto di evitare qualsiasi trauma. E cosa c'era di più traumatico, più rischioso e scioccante di un incendio? Anche il cuore di una persona sana ne sarebbe messo a dura prova.

Eiko era molto attenta alla propria condizione e faceva in modo di non esporre il suo cuore ad alcun tipo di stress. Per questo aveva imposto tanti limiti ai loro rapporti coniugali. Fino a che Asai si era abituato a quel regime di castità.

Ma da qualche tempo Eiko stava molto meglio. Aveva l'aria di godere di ottima salute. Era come se si fosse dimenticata della sua malattia. Sapeva che era sempre lì in agguato, ma finché non si fosse trovata in situazioni che avrebbero potuto metterla a rischio, le sue condizioni non sembravano preoccuparla.

Ma di fronte all'incendio aveva subìto uno shock, il sangue le si era riversato nelle coronarie come un fiume in piena, e alla fine il suo cuore aveva ceduto.

Il turbamento di Eiko aveva sicuramente anche una componente emotiva. Alla vista delle fiamme doveva subito essersi immaginata l'arrivo dei soccorsi, gli sguardi di una folla di sconosciuti... E una volta spento l'incendio sarebbero cominciate le indagini dei vigili del fuoco e della polizia.

Probabilmente Eiko si era figurata l'interrogatorio cui l'avrebbero sottoposta, forse le sembrava già di sentire le voci dei poliziotti: « Dove si trovava quando è scoppiato l'incendio? Cosa stava facendo? Che rapporto c'è tra lei e Kubo Kōnosuke? Un caro amico, dice, ma quanto caro? Quindi lei ha fatto visita al signor Kubo proprio oggi che la domestica ha la giornata libera. Non pensa che qualcuno potrebbe trovarlo sospetto? Suo marito ne è al corrente? ».

Ad ogni modo una donna che fugge da una casa in fiamme non può che attirare l'attenzione dei curiosi. E nel vicinato c'erano molte donne. « Guarda, chi è quella che scappa via? Non mi sembra la moglie... Ma no che non è la moglie, lei è ricoverata nello Shinshū, il marito vive da solo, o almeno credo... ».

Mentre la luce tremolante del fuoco rischiarava la

stanza, Eiko si affannava a riempire i secchi, li passava a Kōnosuke, ma quei pensieri non le davano pace. Trasportò anche lei un secchio da una stanza all'altra. Lo sollevò con tutte e due le mani, poi lo svuotò. Provata fisicamente, angosciata, scossa, all'improvviso sentì una violenta fitta al petto. Si sentì mancare, si accasciò in preda a sudori freddi. Poi subentrò un senso di nausea...

Il fuoco era stato domato. Ma come aveva reagito Kubo vedendo Eiko riversa per terra?

Non poteva chiamare un dottore. Cosa gli avrebbe detto?

E poteva forse rivolgersi alla famiglia di Eiko – vale a dire a suo marito? Sicuramente lei gliene aveva parlato. Anche se non l'aveva mai visto sapeva senz'altro come si chiamava, che lavoro faceva, e anche l'indirizzo e il numero di telefono. Ma poteva telefonargli per dirgli di venirsi a riprendere il corpo di Eiko?

E poi c'era sua moglie. Anche se al momento era ricoverata, prima o poi sarebbe venuta a conoscenza di tutta quella storia: si trattava di un incendio in casa sua e di una persona ridotta in fin di vita. Kōnosuke doveva pensare in fretta. Se avesse chiamato il dottore non avrebbe potuto nascondere né la donna né l'incendio. Sarebbero intervenuti i vigili del fuoco, i vicini avrebbero scoperto tutto, qualcuno l'avrebbe raccontato alla moglie...

C'era una sola cosa da fare, allontanare i sospetti dalla propria casa, far sembrare che Eiko non fosse morta lì. Il suo corpo andava portato altrove. Ma non poteva fare molta strada, doveva essere un luogo nelle immediate vicinanze. Com'era inevitabile la scelta cadde sulla profumeria della signora Takahashi.

Stando alla relazione dell'agenzia investigativa, i due si conoscevano solo di vista e quando si incontravano per strada si salutavano appena. Ma quella era un'emergenza, e Kubo – sentendosi con l'acqua alla gola – doveva essere corso alla profumeria, e aver supplicato Chiyoko di aiutarlo. Lei era sola nel negozio e se avesse accettato tutto si sarebbe risolto in segreto.

La casa di Kubo aveva un grande giardino, un po' sopraelevato rispetto alla strada, con un muretto, un recinto e tante piante che coprivano la visuale dall'esterno. Confinava con il retro della profumeria, quindi spostare Eiko senza farsi vedere non sarebbe stato un problema.

Forse lei a quel punto era già morta. Anzi, era sicuramente morta, pensò Asai.

Quando Chiyoko aveva chiesto alla giovane cliente di andare a chiamare il dottor Ōhama, Eiko giaceva sul pavimento della stanza già priva di vita.

«Ho guardato l'orologio, erano le 16:35. Sua moglie aveva le pupille dilatate e nessun battito. Non c'era più niente da fare. La signora Takahashi, che era accanto a lei quando è spirata, ha detto che era morta da circa mezz'ora e io ho preso per buona la sua affermazione. Del resto, se anche fosse passata un'ora dal momento del decesso non sarebbero state visibili differenze significative».

Questo gli aveva detto il dottore. Che poteva essere passata anche un'ora da quando Eiko era morta lo aveva aggiunto in risposta alle domande sempre più pressanti di Asai.

Se così erano andate le cose, questo spiegava perché Kubo avesse accettato di vendere il terreno a Chiyoko.

L'Hotel Chiyo era stato costruito ad appena sei mesi dalla morte di Eiko. Il che significava che le trattative per la vendita erano cominciate subito dopo. Quanto era costato il terreno a Chiyoko?

Asai ripensò a quella donna attraente, con le labbra carnose e il trucco curato. Dietro quelle maniere eleganti, l'affabilità con cui si rivolgeva ai clienti, si nascondevano l'avidità, l'astuzia e la sfrontatezza di una donna esperta. Insieme all'imprenditore di cui era la mantenuta, doveva aver complottato ai danni di Kubo approfittando della sua vigliaccheria.

Gli alberghi a ore rendevano. Villa Tachibana e il Midori andavano a gonfie vele. Era comprensibile che, dopo l'insuccesso con la profumeria, anche alla signora Takahashi fosse venuto in mente di intraprendere quel tipo di attività. Il problema era come procurarsi il terreno. Quando Kubo si era rivolto a lei per aiuto, rivelando la sua debolezza, Chiyoko aveva intuito subito che quella era l'occasione da non perdere per farsi cedere il terreno a poco prezzo. In altre parole, lo aveva ricattato. Qui era sicuramente entrato in gioco Higai Genkichi. Se non addirittura qualche banda di criminali. E per coprire il tutto avevano messo il nome di Kubo nel consiglio di amministrazione dell'hotel.

Ma Asai in realtà non era interessato più di tanto al modo in cui Chiyoko era entrata in possesso della proprietà di Kubo. Il suo vero obiettivo era l'uomo che aveva « ucciso » Eiko.

Un'indagine più approfondita avrebbe potuto rivelare che le uscite di sua moglie coincidevano con i giorni in cui Kubo rientrava prima dall'ufficio, ma non c'era bisogno di arrivare a tanto.

Al ministero Asai tornò a visionare documenti, incontrare imprenditori, presenziare a riunioni e stilare progetti, ma non appena si distraeva un momento la figura di quell'uomo alto dal volto allungato continuava a riapparirgli ossessivamente davanti.

# XIII

Il pomeriggio dell'ultimo sabato di ogni mese Kubo Kōnosuke andava a trovare la moglie a Fujimi, nella prefettura di Nagano. Così era scritto nel rapporto dell'agenzia.

Prendeva sempre il cosiddetto « Rapido delle Alpi n. 4 » in partenza dalla stazione di Shinjuku alle 13:10. Asai l'aveva scoperto telefonando al suo ufficio un sabato pomeriggio e fingendosi un conoscente. Non aveva dovuto fare molta fatica, la segretaria che gli aveva risposto al telefono gli aveva subito detto: « È uscito circa un'ora fa. Sì, doveva andare a Fujimi... Il treno, dice? Quello che parte da Shinjuku all'una e dieci... Sì, esatto, quello che prende sempre ».

Il treno impiegava circa tre ore e mezza ad andare da Shinjuku a Fujimi. Arrivava intorno alle cinque, con largo anticipo rispetto all'orario di visita. La sera forse Kubo si fermava a Fujimi o nella vicina Kami-Suwa, il mattino dopo tornava a trovare la moglie e poi ripartiva per Tokyo.

Uno che tutti i mesi arriva fin nello Shinshū per far visita alla moglie malata potrebbe sembrare un marito premuroso, ma Asai era convinto che lo facesse solo per le apparenze. Era un uomo astuto. L'uomo che aveva pensato solo a salvarsi la pelle quando aveva trascinato il corpo di Eiko nella Profumeria Takahashi.

L'ultimo sabato di ottobre era il 25.

All'una circa Asai, con i suoi occhiali da sole, camminava lungo il binario della linea Chūō alla stazione di Shinjuku. Il rapido era già lì e Asai passò in rassegna tutti i finestrini, partendo dall'ultimo vagone. L'altro l'aveva visto solo di sfuggita, quindi era la condizione ideale per un pedinamento.

Kubo era seduto in una carrozza di prima classe. A metà circa, sul lato sinistro, intento a leggere il giornale. Accanto a lui non c'era nessuno, mentre di fronte c'era un anziano signore, ma non sembravano conoscersi. Asai scelse un posto che gli permettesse di osservarlo a distanza. Davanti a lui c'era una donna con un bambino.

Sapendo dov'era diretto non aveva la necessità di tenerlo d'occhio durante tutto il viaggio. Lo preoccupava soltanto il fatto che quel treno non fermava a Fujimi. Consultando l'orario aveva scoperto che fermava un po' prima, a Kobuchizawa, alle 16:24. Il treno successivo partiva da lì alle 16:52 e arrivava a Fujimi alle 17:05.

Kubo avrebbe aspettato mezz'ora un treno locale o invece sarebbe andato al sanatorio in taxi? Questo era più difficile da prevedere. La seconda ipotesi pareva più plausibile, ma non era escluso che aspettasse la coincidenza alla stazione di Kobuchizawa.

Asai aveva intenzione di fermarlo durante il tragitto verso il sanatorio. Un'altra possibilità sarebbe stata attenderlo all'uscita, dal momento che l'orario per le visite era fisso, ma rischiava di fare troppo tardi. Se per esempio fosse uscito alle otto, quando era già buio, Kubo avrebbe potuto rifiutarsi di parlare con lui e rispondere alle sue domande. L'ideale sarebbe stato di poterci parlare quando non c'era nessun altro nei paraggi.

Non potendo essere certo che scendesse davvero a Kobuchizawa, Asai non voleva perderlo di vista nemmeno per un attimo. Fino a poco prima era stato convinto che stesse andando dritto a Fujimi, ma per quanto ne sapeva quella poteva essere la versione che raccontava in giro, mentre magari il sabato andava a spassarsela da qualche altra parte e poi la domenica si presentava dalla moglie. In tal caso poteva essere diretto a una località termale come Kōfu, oppure più avanti, a Shimo-Suwa.

Il treno partì. Kubo era sempre immerso nella lettura del giornale. Apparentemente non aspettava nessuno. Asai cercava di leggere un settimanale, ma non riusciva a concentrarsi, i caratteri gli ballavano davanti agli occhi.

Arrivarono a Kōfu. Scesero in molti. C'erano anche dei gruppi venuti ad ammirare il magnifico fogliame autunnale dei boschi della zona. Sul binario c'erano insegne che pubblicizzavano la gola di Shosen. Asai alzò lo sguardo, ma Kubo non si era mosso. Guardava fuori dal finestrino fumando una sigaretta con aria annoiata.

Restavano ancora Kobuchizawa e Shimo-Suwa. A Kobuchizawa poi ci sarebbero stati trenta minuti in attesa della coincidenza oppure una corsa in taxi fino al sanatorio.

Poco dopo la partenza da Kōfu, il treno prese a salire. Sul lato sinistro il Monte Fuji sparì dalla vista proprio mentre sulla destra cominciavano ad apparire le creste montuose dello Yatsugatake e le chiome rosseggianti degli alberi scorrevano a fianco dei binari.

Metà della carrozza si era popolata di facce nuove. Ora di fronte a Kubo non c'era più l'anziano signore di prima, ma un'elegante donna in kimono sulla trentina. Asai li guardò con attenzione per capire se avessero un appuntamento, ma non si scambiarono neanche una parola, quindi evidentemente non si conoscevano. Adesso Kubo stava sfogliando una rivista.

Anche se lo osservava da quando era salito a Shinjuku, Asai si rese conto solo ora che per tutto quel tempo aveva avuto davanti agli occhi l'oggetto del proprio rancore. Si mise a esaminare i suoi gesti, il modo di muovere la testa o le mani, la curva delle spalle, la sua aria annoiata e l'aspetto del tutto ordinario. Il pensiero che qualcosa di quella persona avesse potuto sedurre Eiko accresceva ancora di più il suo risentimento. È vero che ora averlo di fronte lo ripagava di tutti i suoi sforzi, ma per potersi dire davvero soddisfatto doveva andare fino in fondo e non poteva permettersi di trascurare nulla.

In realtà Asai non era a tal punto innamorato di Eiko da non riuscire a riprendersi per la sua morte. Quello che provava era soprattutto una grande rabbia per essere stato tradito, e ora che sapeva che la freddezza con cui lei lo trattava era dovuta a quell'uomo, non aveva alcuna intenzione di fargliela passare liscia. Lo odiava per l'abilità con cui aveva saputo vincere le resistenze di sua moglie. E che Kubo fosse capace di tutto lo dimostrava come si era liberato del corpo di Eiko, abbandonandolo a casa della vicina. Tuttavia Asai non era mosso dalla smania di vendicare sua moglie, e il modo in cui era stata ingannata, bensì da un suo personale desiderio di vendetta. O perlomeno questa è la conclusione cui sarebbe potuto giungere guardando le cose in maniera oggettiva, ma in quel momento era convinto di stare agendo così per riscattare sua moglie.

Il treno oltrepassò il confine dello Shinshū a velocità ridotta. Alcuni passeggeri si alzarono e recuperarono le loro cose dai ripiani sopra i sedili. Vide la figura slanciata di Kubo alzarsi e prendere la valigia. Asai era teso. Come aveva immaginato, Kubo sarebbe sceso a Kobuchizawa.

Il treno si fermò e Kubo scese senza mai voltarsi nella sua direzione, mentre Asai scese dalla porta che stava all'altro capo del vagone.

Alcuni si avviarono verso l'uscita dal passaggio sopraelevato, altri restarono sul binario in attesa del locale, e tra loro – erano circa una ventina – c'era anche Kubo. Dunque andava a Fujimi in treno. In effetti ci volevano appena quindici minuti, ed era preferibile aspettare mezz'ora anziché prendere un taxi, che sarebbe costato molto di più. Che fretta aveva di raggiungere la moglie malata?

Asai continuò a tenersi a una certa distanza. Kubo guardava verso est, lui si voltò nella direzione opposta. Di fronte a sé vedeva una montagna alta, di cui non conosceva il nome, dietro la quale il sole cominciava a tramontare colorandone la cima di rosso. Era fine ottobre e da quelle parti già iniziava a fare freddo. La sua ombra che si allungava solitaria sul marciapiede dell'anonima piccola stazione, nella luce del sole al tramonto, aveva un che di melanconico, ma lui sul momento non ci fece caso.

Quei trenta minuti non passavano mai. Finalmente il treno arrivò. Poiché era vuoto, Asai ebbe la prudenza di sedersi in una carrozza diversa. Superato il valico, l'ombra delle montagne gettava un velo azzurrino sul fogliame autunnale. Le pendici dello Yatsugatake erano già scure.

Arrivarono alla stazione di Fujimi. Molti dei viaggiatori scesero. Kubo era tra loro con la sua valigia. Era gonfia, forse piena di regali per la moglie. Asai lasciò passare tre o quattro persone e lo seguì, cercando di non allontanarsi troppo per non perderlo di vista. Doveva fare attenzione, se si fosse diretto verso i taxi l'avrebbe fermato prima.

Adesso erano fuori dalla stazione. Kubo salì su un autobus che era fermo davanti all'ingresso. All'autobus Asai non aveva pensato: poteva salirci anche lui. Poiché sapeva che sarebbe sceso al sanatorio, decise di dargli le spalle per tutto il tragitto. Superarono la fila di insegne luminose fuori dalla stazione. Sull'altopiano si vedevano ancora dei bagliori in lontananza. Kubo scese al sanatorio, seguito da altri tre passeggeri. Asai fu l'ultimo a scendere.

A centocinquanta metri di distanza, molto in alto, si ergeva l'edificio che, con le sue finestre illuminate, sembrava un albergo. I tre passeggeri che erano scesi dall'autobus prima di lui presero direzioni diverse. Finalmente lui e Kubo erano soli. Soli in mezzo a quel paesaggio deserto.

Kubo si avviò verso il sanatorio. Asai si tolse gli occhiali scuri per controllare l'ora: quasi le sei. Kubo lo precedeva di circa due metri su quella strada in salita, la sua schiena era leggermente curva. Incrociarono un'auto proveniente dal sanatorio e Asai si voltò per non farsi illuminare in viso dai fari.

Una volta passata la macchina lo chiamò.

« Scusi... ». In realtà non gli uscì che un suono soffocato. Stentò a riconoscere la propria voce.

Kubo si fermò e si girò verso di lui. La poca luce rimasta gli permetteva di distinguerne le fattezze, il viso allungato con gli occhiali. Adesso lo stava fissando, come quando, accompagnato dal cane, lo aveva sorpreso all'esterno della Profumeria Takahashi. Ma stavolta non lo guardava con sospetto. Asai capì di non essere stato riconosciuto e si sentì tranquillo, rincuorato.

Fece passare due o tre secondi, quindi gli si avvicinò e con un sorriso gli chiese: « Mi perdoni, lei è il signor Kubo? ». Finalmente riconosceva la propria voce.

« Sì, sono io... » rispose l'uomo con aria incerta, cercando di capire chi avesse di fronte.

« È diretto al sanatorio? ».

« Sì... Mi scusi, con chi ho il piacere...? ».

Asai adesso gli stava davanti. Kubo era alto e per rivolgergli la parola dovette tirare su la testa.

« Sono Asai ».

Kubo non parve capire. Non si era ancora reso conto. Cercava di ricordarsi tutti gli Asai che conosceva.

« Signor Asai, sono desolato, ma non ricordo... ».

« Asai Tsuneo. Il mio nome davvero non le dice nulla? ».

Pronunciò queste parole con un tono provocatorio; non se le era preparate, vennero fuori da sole.

A guardarlo, si sarebbe detto che Kubo avesse inghiottito un chiodo. Rimase immobile. Gli occhiali gli erano scesi leggermente sul naso, mentre fissava il volto di Asai con gli occhi sbarrati.

« In effetti è la prima volta che ci incontriamo... Sono il marito di Eiko ».

Era stato fin troppo diretto. Chinò leggermente il capo, poi lo risollevò e aggiunse: « Signor Kubo, vorrei farle delle domande su Eiko. Potrebbe concedermi qualche minuto? ».

L'espressione di Kubo tradiva disorientamento e paura. Se non fosse stato per l'oscurità in cui ormai erano immersi si sarebbero visti distintamente il suo volto contratto e il tremolio nervoso delle palpebre. Non riusciva nemmeno a rispondere.

« Ma sì, certo, adesso sta andando a trovare sua moglie, non è così? Avrà fretta, ma non si preoccupi, posso aspettarla nell'atrio » disse Asai.

Kubo indietreggiò di un passo e implorò precipitosamente: « No! No, la prego, è impossibile ».

« Impossibile? ».

« No, non si può. Glielo chiedo per favore » lo supplicò di nuovo.

« Ah, ma certo, se sua moglie lo venisse a sapere sarebbe imbarazzante, vero? ».

« Sì » ammise, abbassando la testa.

« D'accordo. E allora dove possiamo parlare? È già buio ».

Kubo non rispose.

« Da queste parti non ci sono caffè o posti del genere... Forse ce n'è uno di fronte al sanatorio ».

« Preferirei evitare... » mormorò Kubo.

« Allora dove parliamo? Preferisce tornare in paese? O aspettiamo un autobus? ».

« No. Ascolti... Mi perdoni, ma se possibile le chiederei di parlarne per strada, mentre camminiamo. Non voglio che qualcuno ci senta » balbettò.

« Per strada? Così, in aperta campagna? ».

« Sì. Mi scusi » rispose a capo chino.

In realtà faceva comodo anche ad Asai. O meglio, era lui che aveva fatto di tutto perché l'altro proponesse una soluzione del genere.

Quello che non si era aspettato era un'ammissione così esplicita da parte di Kubo. Credeva che avrebbe negato tutto. Asai era pronto a incalzarlo perché lo riteneva astuto ed era convinto che non avrebbe confessato così facilmente, ma non ce n'era stato bisogno. Si era presentato davanti a lui in modo del tutto inatteso, e quella mossa lo aveva spiazzato: non gli aveva dato il tempo di inventarsi una scusa e di correre ai ripari. A disorientarlo era stata anche la sicurezza esibita da Asai, che dava l'impressione di sapere già tutto.

Cambiarono direzione e si incamminarono lungo un sentiero che portava ai piedi dello Yatsugatake. Si intravedevano solo poche abitazioni qua e là, e qualche raro bagliore in mezzo ai boschi. Neanche l'ombra di un passante.

Kubo teneva la valigia con una mano e procedeva lungo la striscia chiara del sentiero come se Asai lo stesse trascinando. Il pensiero di ciò che avrebbe potuto dirgli o fargli lo impauriva. E in silenzio lo scrutava nel tentativo di indovinare le sue intenzioni. Sembrava un animale in trappola, terrorizzato e alla disperata ricerca di una via di fuga.

Restiamo zitti ancora un po', si disse Asai, come faceva in ufficio quando intuiva il punto debole del suo interlocutore e voleva tenerlo sulle spine. Continuarono a camminare per cinquanta o sessanta metri, ciascuno immerso nei propri pensieri, studiandosi a vicenda. Fu Kubo il primo a fermarsi.

«Signor Asai...».

Dal tono della voce trapelava tutta la sua esasperazione.

# XIV

«Signor Asai...».

Kubo si fermò e nel buio del sentiero abbassò lo sguardo sull'uomo che aveva di fronte.

«Possiamo parlare qui».

L'aria fredda di montagna, simile a quella di città a novembre inoltrato, gli pungeva le guance e gli si infilava sotto la giacca facendolo rabbrividire. Asai si guardò intorno.

«Certo, capisco. Qui nessuno potrà sentirci».

Da lì il sanatorio non si vedeva più. Il fianco dello Yatsugatake chiudeva la visuale come un'incombente parete nera, alla cui base si intravedeva la cascata di piccole luci delle poche case sparse in lontananza. In fondo alla strada c'era una foresta, dall'altra parte qualche cespuglio e un pendio di campi coltivati. L'odore dell'erba secca arrivava fin laggiù.

«Cosa vuole dirmi, signor Asai?».

«Voglio chiederle della morte di Eiko, signor Kubo, solo questo».

I ciottoli sotto le scarpe di Kubo fecero un lieve crepitio.

«La sua morte...? Ma io non ne so nulla. Perché dovrei saperne qualcosa?».

«Perché era in rapporti piuttosto intimi con lei, o sbaglio?».

Kubo tacque.

«Non cerchi di negarlo. Poco fa, quando le ho detto che sono suo marito, si è affrettato a portarmi qui perché voleva allontanarsi il più possibile dal sanatorio. Che motivo avrebbe avuto di comportarsi così se non l'avesse conosciuta?».

«Non dico di non averla conosciuta... Ma è per questo che mi ha seguito fin qui?».

«Non l'ho seguita. Ho solo cercato un'occasione per parlarle. Di certo non potevo venire da lei in ufficio, né abbassarmi a farle visita a casa sua».

«... E come ha saputo che venivo al sanatorio?».

«Ho trovato il modo di scoprire che l'ultimo sabato di ogni mese viene qui per vedere sua moglie. Ho preso informazioni, signor Kubo. So tutto della sua storia con Eiko. Ma voglio sentirmelo dire direttamente da lei. In circostanze normali l'avrei chiesto a mia moglie, ma come sa è morta. Lei è l'unico a cui possa rivolgermi».

«Prima che Eiko... Voglio dire, prima che sua moglie morisse non le aveva chiesto niente?».

«Se così fosse ne sarebbe al corrente, non crede? Se Eiko mi avesse fatto una simile confessione, come minimo glielo avrebbe detto. Le faceva visita due volte alla settimana nella sua casa di Yoyogi, non è vero?».

Kubo si voltò indietro. Asai pensò che volesse scappare, invece si era soltanto girato a guardare i campi. In lontananza, oltre i monti, il cielo era una distesa di stelle.

Kubo posò a terra la valigia e tirò fuori le sigarette dalla tasca. Cercava di guadagnare tempo. La fiamma dell'accendino gli illuminò per un attimo il viso di una luce rossastra e si spense subito dopo con un rumore secco. Ora si vedeva soltanto il bagliore della sigaretta accesa. Continuava a fumare, ma non accennava ad aprire bocca.

« Ha difficoltà a rispondermi, vero? Vuole che l'aiuti? » sogghignò Asai.

Kubo buttò fuori il fumo.

« Mi ascolti, signor Kubo. Eiko ha scritto ogni cosa nel suo diario. L'ho trovato in un cassetto chiuso a chiave. Ha annotato ogni visita a casa sua. Immagino che se si fosse suicidata, o se fosse morta in seguito a una lunga malattia, in qualche modo se ne sarebbe disfatta, ma la sua fine così improvvisa, per di più fuori di casa, glielo ha impedito. C'è scritto quasi tutto ».

Kubo non disse niente.

« Lei ha la passione dell'artigianato tradizionale. Aquiloni di carta, giocattoli, animali in legno, cose simili. Nella sua collezione ci sono anche una lanterna di Yamaga e un amuleto di Sōmin Shōrai, se non sbaglio. Eiko non ne aveva mai visti, ecco perché ne ha scritto nel diario ».

Kubo scrollò le spalle e rabbrividì, come se improvvisamente avesse freddo.

« C'è solo una cosa che non ho ancora capito. Come vi siete conosciuti lei ed Eiko? Questo il diario non lo dice. Forse all'inizio aveva timore di scrivere queste cose. Dove e quando vi siete incontrati? ».

« Signor Asai, » disse Kubo gettando via la sigaretta fumata solo a metà « le dirò tutto. Così capirà che non ho nulla di cui scusarmi con lei ».

Poi si voltò verso di lui.

« Lo ammetto, tra Eiko e me c'era una storia. Da due anni. Ci siamo incontrati in un vecchio tempio a Fuchū. Mi trovavo lì perché sapevo che vendevano amuleti di Sōmin Shōrai. L'ho vista camminare da sola. È un posto dove non c'è mai nessuno, e così senza neanche rendercene conto abbiamo cominciato a parlare. Eiko andava a passeggiare da quelle parti in cerca di ispirazione per i suoi *haiku* ».

Questo lo sapeva anche Asai. Ma non avrebbe mai immaginato che lei e Kubo si fossero conosciuti in circostanze simili. Aveva fatto mille supposizioni, ma a un incontro casuale di quel genere proprio non aveva pensato.

«E così» proseguì Kubo «abbiamo percorso insieme il chilometro scarso di strada che conduce alla stazione di quel posto fuori mano. E una settimana dopo ci siamo incontrati di nuovo, per puro caso. Questa volta in un centro commerciale a Shinjuku. Stavo salendo al primo piano con la scala mobile quando mi sono accorto che Eiko era un gradino dietro di me».

Coincidenze come quella suscitano sorpresa ma anche un senso di complicità. Pranzarono insieme al ristorante, raccontò Kubo, e si trovarono così bene che si dettero appuntamento per la settimana successiva.

«Se davvero Eiko ha scritto di me nel suo diario non ho motivo di negare,» proseguì rapido «non so cos'abbia detto di preciso, ma di qualsiasi cosa si tratti è vero, lo confermo». Poi aggiunse, e lo fece scandendo bene ogni parola: «Però non salti a conclusioni affrettate. È importante che lo sappia, all'inizio Eiko non mi ha detto di essere sposata. Ha dichiarato di essere nubile».

Stavolta fu Asai a restare di sasso.

«Ho cominciato una relazione con lei credendo che le cose stessero così. Se avessi saputo subito che era sposata non lo avrei mai fatto. Ero sicuro che fosse ancora nubile, una che si era lasciata sfuggire l'occasione buona per sposarsi. Capisce, signor Asai? Eiko ha ingannato anche me».

Asai continuava a tacere.

«È stato solo un anno fa che si è decisa a dirmi come stavano davvero le cose. Me lo ha confessato tra le lacrime e io sono rimasto sbalordito. Ma ormai era tardi. Pur sapendo la verità, non sarei più riuscito a separarmi da lei. Eiko ha ammesso di avermi ingannato e ha detto che se l'avessi lasciata avrebbe capito, ma in realtà non voleva in nessun modo che ciò accadesse. E così la nostra storia è andata avanti... Deve credermi, signor Asai, le sto dicendo la verità. Non mi sono portato a letto la moglie di un altro. Per me Eiko era una donna libera. Se avessi saputo che era sposata, allora sì che dovrei porgerle le mie scuse. Avrei il dovere morale di farlo. Ma io non lo sapevo. Eiko mi ha ingannato. Ecco perché non credo di dover implorare il suo perdono... È vero, dopo un anno sono venuto a conoscenza di tutto e non ho interrotto la nostra relazione, ma ormai durava da tanto, Eiko mi ha scongiurato in lacrime di fare in modo che lei non lo venisse a sapere, e io non sono riuscito a opporre resistenza... Questa è la verità ».

Kubo parlò tutto d'un fiato. Una volta trovata la giustificazione – che Eiko gli aveva detto di essere nubile – ne aveva fatto il proprio punto di forza e ci aveva costruito intorno una storia. Aveva recuperato tutta la sua sicurezza, si era rimesso in piedi.

Asai era certo che mentisse. Era sempre più convinto che Kubo avesse sedotto Eiko. Lei non avrebbe mai negato di essere sposata. E forse lui, sapendolo, l'aveva trovata ancora più attraente. Era un uomo scaltro, e ora stava solo cercando di raggirarlo. Quel lungo silenzio, poco prima, gli era servito per escogitare la versione da raccontargli.

« Quindi lei nega di dovermi delle scuse » riprese Asai con voce roca.

Kubo si guardò intorno. Forse il fatto che fossero soli, al buio, in quella strada lontana dal centro abitato lo impensieriva, ma poi si tranquillizzò. Asai dopotutto era più vecchio e più basso di lui.

« Sì, non le devo alcuna scusa. Sono stato vittima dell'inganno di Eiko quanto lei. Sono i criminali a doversi scusare. E se anche la nostra era una relazione illecita, per la legge ormai non è più un reato. Come le ho già detto, tutto tra noi è cominciato perché credevo che fosse nubile. Non nego che poi mi ha raccontato la verità, ma l'unica vera responsabile resta lei ».

« Ah sì? È questo che crede? ».

« Sì, è così. Mi dispiace per lei. E se mai l'idea di scusarmi mi avesse sfiorato la mente, vedendo come mi ha pedinato fin nello Shinshū, e mi ha costretto con le minacce a seguirla nel buio per una stradina deserta, non mi sarei scusato comunque».

«E va bene... L'ho seguita fin qui perché a Tokyo non avrei saputo come e quando parlarle. Gliel'ho già spiegato, mi pare. Siamo in una stradina deserta e al buio, dice, ma è lei che ha scelto l'orario del treno, ed è stato sempre lei a volersi allontanare dal sanatorio, o sbaglio? Ha detto che sua moglie non doveva assolutamente sapere nulla e mi ha portato qui».

«Vorrei ben vedere. Ha minacciato di parlarne davanti a lei... Ma si può sapere che intenzioni ha?».

«Intenzioni?».

«Non vorrà soltanto che io mi inginocchi davanti a lei e le chieda scusa. Che altro c'è?».

Asai si avvicinò fino a fargli sentire il respiro sul volto.

«Lei è molto sensibile alle minacce, vero, signor Kubo?».

«Che intende dire?».

«Mi riferisco alla casa di Yoyogi che ha svenduto alla signora Takahashi. Ho scoperto anche questo. Ma su, mi risparmi quell'espressione innocente... Eiko è morta in casa sua e lei ha chiesto aiuto a Chiyoko per disfarsi del cadavere. Non poteva certo tenersela in salotto in attesa che venissimo a riprendercela. Così tutti lo avrebbero saputo. Ma non poteva nemmeno abbandonarla in un posto isolato chissà dove. Quindi ha pensato alla profumeria accanto a casa sua. Mentre camminava Eiko si era sentita male, era entrata nel negozio e lì era morta: questa sarebbe stata la vostra versione. Un gioco da ragazzi per un uomo ipocrita e subdolo come lei. Ma si è scavato la fossa con le sue stesse mani quando Chiyoko, che conosceva a malapena, ha accettato di aiutarla. Vede, Chiyoko non le è da meno e, non appena ne ha avuto l'occasione, si è presa la sua casa per pochi spiccioli. Ma una donna, da sola, non sarebbe mai riuscita a spaventarla. L'ha aiutata quel suo amante imprenditore... Signor Kubo, quanto le sto dicendo non è frutto della mia immaginazione. Mi sono affidato a un investigatore privato. Un ex poliziotto, che non ha avuto difficoltà a farle confessare tutto. Ovviamente Chiyoko non ha ammesso di averla minacciata, ma si è capito lo stesso... Ecco, è tutto qui nero su bianco».

Così dicendo, Asai tirò fuori una busta dalla tasca e gli mostrò di sfuggita un foglio battuto a macchina. Il bianco della carta risaltava nell'oscurità.

Kubo sembrava paralizzato. La sola vista di quel foglio lo sconvolse e non ebbe nemmeno la forza di guardarlo per verificarne il contenuto. Sapere che Chiyoko aveva rivelato ogni cosa lo mise al tappeto.

«Un'altra fonte preziosa di informazioni è stata Hanai Komako... Sa bene di chi sto parlando, vero? La sua domestica a ore. Deve riconoscere che ho ingaggiato dei professionisti: ha lasciato l'agenzia e se n'è tornata in mezzo alle montagne di Yamanashi, ma loro sono riusciti a scovarla anche laggiù, per farla parlare».

Per Kubo fu un altro colpo inatteso. Tremava tutto, forse anche per il freddo. Se ne stava lì impietrito, ma Asai continuò imperterrito a dirgli del terremoto del 7 marzo, del *fusuma* e del *tatami* bruciati, dei tre secchi d'acqua usati per spegnere le fiamme. E dopo aver rimesso insieme i pezzi del racconto della governante, concluse dicendo che l'infarto di sua moglie era stato provocato dallo sforzo fisico e dall'intensa emozione provata in quel frangente.

«Naturalmente lei non sapeva che Eiko soffrisse di cuore, vero? Di certo non gliel'aveva detto. Cercava di non pensarci, ma soprattutto temeva che se l'avesse informata dei rischi che correva per la sua malattia lei si sarebbe spaventato e l'avrebbe lasciata. Niente era rischioso per Eiko come il sesso. Ma era talmente presa da dimenticarlo. È come se l'avesse uccisa» fu la sentenza di Asai. «Un tribunale potrebbe anche condannarla per omicidio».

Kubo non sapeva cosa replicare.

«E per di più ha preso il suo corpo e l'ha portato a

casa di un'estranea. Potrebbero considerarlo occultamento di cadavere».

Kubo batté i piedi per terra. «Si può sapere che cosa vuoi? Fai come Chiyoko, mi minacci? Perché non dici cos'è che vuoi veramente da me? Soldi?».

La sua voce tutt'a un tratto si fece dura.

«Allora forza, quanto vuoi?».

«Non voglio soldi».

«Bugiardo. Cos'altro sennò? Ma non mi venderò così a buon mercato, le tue minacce non mi spaventano... Ho anch'io le mie carte da giocare» disse Kubo sollevando le spalle.

«Quali carte?».

«Se insisti racconterò tutto a mia moglie. Tanto non ho più nulla da perdere, la casa me l'ha già presa Chiyoko. Eiko mi ha detto che hai un incarico importante al ministero dell'Agricoltura, non è così? Uno nella tua posizione che minaccia un altro perché ha avuto una storia con la moglie... Si chiama abuso di potere».

Asai vacillò. Quelle parole lo colpirono come un pugno allo stomaco.

«Divertente, no?» continuò Kubo. «Io non ho nessuna posizione da difendere, faccio l'impiegato nell'azienda di mio zio e di salvare le apparenze non me ne importa un bel niente. Di certo non rischio il licenziamento. Mia moglie ha una malattia ai polmoni e dubito che vivrà ancora a lungo. Cos'altro ho da perdere? Ma tu... Se ti denunciassi per tentato ricatto verresti licenziato. Forse riusciresti a conservare il posto fino alla fine del processo, ma dovresti dire addio alla tua bella poltrona. E poi ci penserebbero le riviste scandalistiche a metterti sulla graticola. Il tuo ufficio non lo vedresti più. Dopo esserti inchinato per tanti anni davanti ai tuoi superiori te ne dovresti andare coperto di vergogna».

Con i colleghi che, come lui, si erano dati tanto da fare per raggiungere la posizione che avevano, Asai condivideva l'orgoglio, la lealtà verso il ministero, la ferrea volontà di tenersi il proprio posto. Di fronte alla minaccia che tutto questo gli fosse strappato, prevalse in lui una sorta di istinto di sopravvivenza. E accadde quel che accadde.

Il buio dell'altopiano fu suo complice.

## XV

Asai non si ricordava come dal sentiero fosse ritornato sulla strada provinciale.

Ora era circondato dall'oscurità. Ne sentiva quasi il peso addosso. Camminava a fatica, come se avesse le gambe immerse nell'acqua, tentando di aprirsi un varco nel buio della notte. Intorno a lui gli alberi neri e la foresta tremavano al vento, come in una fiaba sinistra. Una fitta nebbia appannava le deboli luci delle case lontane.

Non aveva freddo, tutt'altro, si sentiva bruciare. Il suo respiro affannoso gli restava sospeso intorno alla testa e disegnava una scia biancastra sullo sfondo nero del cielo. L'azione che aveva appena commesso gli sembrava già irreale. Non era dipesa dalla sua volontà. Non l'aveva pianificata né in alcun modo preparata. Aveva agito d'impulso. Non voleva farlo, l'aveva fatto e basta. Era come se in quel preciso istante avesse perso il controllo di sé.

Il flaconcino di vetriolo gli era rimasto in tasca tutto il tempo, ma non aveva pensato di usarlo come arma. Kubo Kōnosuke era giovane. Prestante. Se la discussione fosse degenerata, avrebbe potuto usarlo per difendersi. Se quell'avversario tanto più forte di lui l'avesse aggredito, avrebbe usato l'acido per farlo indietreggiare e avere il tempo di fuggire. Era un flacone da sessanta millilitri, di quelli che le donne usano per l'olio dei capelli. Lo aveva trovato tra le cose di Eiko, aveva una forma elegante, col tappo d'argento e un'etichetta dorata. Dopo averlo riempito di acido aveva avvitato bene il tappo.

Quando Kubo gli gridò che l'avrebbe denunciato per ricatto, mettendo a repentaglio il suo posto al ministero, Asai fu colto dal terrore, da un vero e proprio attacco di panico. Non aveva minimamente immaginato che le cose potessero andare così. Tutto ciò che voleva era che Kubo gli si inginocchiasse davanti, chinasse il capo fino a terra un milione di volte e confessasse ogni cosa, fino a sputare sangue. Voleva vederlo implorare tremante la sua clemenza e il suo perdono, e una volta che fosse stato in ginocchio davanti a lui avrebbe potuto umiliarlo a suo piacimento. Ma il piano si fermava qui, non aveva pensato a cosa avrebbe fatto dopo.

Il contrattacco di Kubo fu inatteso e brutale. Era riuscito a colpirlo proprio nel suo punto debole. Per un attimo Asai si sentì mancare il terreno sotto i piedi. Tutto, ma non il lavoro. Certo, poteva essere solo un bluff, ma non voleva correre il rischio di esporsi al giudizio dei colleghi. E più di ogni altra cosa doveva impedire che i rantoli di quella bestia ferita giungessero all'orecchio dei suoi superiori. Fu un istinto di sopravvivenza a farlo esplodere.

Si era guadagnato quel posto dopo aver superato un difficile esame. Aveva fatto la gavetta, costruendo la sua carriera passo dopo passo. E quando si era reso conto che contestare l'assurdità e l'ingiustizia del sistema non serviva a niente, aveva deciso di competere con i raccomandati lavorando meglio di chiunque altro. Si era impegnato più di tutti, era sempre l'ultimo a lasciare l'ufficio e per oltre dieci anni era stato oggetto dello scherno e della derisione dei colleghi. Aveva studiato leggi e regolamenti fino a sacrificare la propria vita privata, osservato e sviscerato ogni aspetto della produzione industriale. I suoi sforzi non erano stati vani: ora lo chiamavano il «Demone» della trasformazione alimentare, il «Manuale vivente», capi di sezione e direttori lo rispettavano e avevano piena fiducia in lui. Gli industriali lo temevano. Lo consideravano una sorta di eminenza grigia, ne erano intimiditi, e dicevano che conveniva farselo amico. E ora tutto ciò che aveva così faticosamente costruito rischiava di crollare sotto il peso delle accuse di Kubo. Asai si vide scorrere davanti agli occhi gli anni passati al ministero, da quando, ancora novellino, i superiori gli incutevano soggezione solo a guardarli. Poi lo studio instancabile, pagine e pagine imparate a memoria. La sensazione che aveva provato nell'esibire davanti ai superiori l'ampiezza delle sue conoscenze, l'orgoglio di fronte alla loro espressione stupita quando aveva dato il suo parere su una spinosa questione. Ricordò tutti gli episodi che lo avevano reso sempre più sicuro di sé e indispensabile all'ufficio. Le espressioni di approvazione di Yagishita e delle altre vecchie volpi del settore. Tutti quei momenti riaffiorarono uno dopo l'altro, come quando, dicono, in punto di morte si rivede la propria vita sin dall'infanzia.

Asai tirò fuori il flaconcino dalla tasca. Svitò con cura il tappo argentato. Kubo era sconvolto, e il buio non gli permise di capire cosa stava accadendo. Mentre inveiva, il corpo inclinato in avanti verso di lui, Asai, con la mano che teneva il flaconcino aperto, eseguì un movimento a semicerchio verso l'alto. L'oscurità celò il getto del liquido. La sola cosa visibile fu la sagoma di Kubo che, emesso un grido straziante, si portava le mani al volto e si accartocciava su se stesso.

Accovacciato per terra, si frugò freneticamente in tasca per cercare un fazzoletto. Non riusciva a rialzarsi e gemeva in modo inquietante, sembrava un bambino. Chino in avanti, con il fazzoletto premuto sulla faccia, si contorceva e si allungava come un giocattolo a molla.

Poi cominciò a gridare: «Corri al sanatorio, fa' venire di corsa un'ambulanza, la faccia mi brucia... L'occhio...

mi si sta sciogliendo... fa' qualcosa o mi uscirà fuori dall'orbita! Ti prego, ti scongiuro, chiama subito un'ambulanza o diventerò cieco! ». Kubo continuava a singhiozzare, la sua voce non aveva più niente di umano.

L'acido gli aveva danneggiato irreparabilmente l'occhio. Era acido solforico puro, senza nemmeno una goccia d'acqua. Asai era arrivato fino a Shinagawa apposta per comprarlo, al farmacista aveva detto che gli serviva per il bagno. Di certo Kubo non poteva restare lì in quelle condizioni. Se anche avesse perso la vista gli sarebbe rimasta la voce, quindi avrebbe potuto denunciarlo comunque. « Va bene, va bene, vado a chiamare qualcuno, tu aspetta qui » disse prendendo tempo. E intanto rovistò nel buio alla ricerca di una pietra abbastanza grossa, mentre si assicurava che in giro non ci fosse nessuno.

Quando gli colpì la testa la prima volta, Kubo emise un grido soffocato e cadde su un fianco. Il fazzoletto bianco gli sfuggì di mano e volteggiando si posò a terra, mentre la mano rimase immobile.

Asai non fu così sciocco da usare di nuovo lo stesso sasso. Pensò che avrebbe potuto macchiargli i polsini o la giacca. Ne cercò un altro, e stavolta non ebbe bisogno di dire a Kubo di aspettarlo lì.

Accanto alla testa di Kubo ora c'erano tre pietre sporche di sangue. Sembrava un serpente ucciso a sassate. Asai era stranamente calmo. Lo tranquillizzava il fatto che Kubo non potesse più parlare. Per sicurezza lo colpì al fianco con un calcio. La gamba di Kubo si spostò come un oggetto inanimato. Né il corpo né il viso davano segni di vita.

La cosa stupefacente era che il volto non si vedeva più. Era coperto quasi interamente di sangue e il buio faceva il resto. La sola cosa che si vedesse era il triangolo bianco disegnatogli intorno alla testa dalle tre pietre. Asai si voltò e la vista dello Yatsugatake, che incombeva tenebroso, gli tolse il fiato.

Non appena si rese conto di aver commesso un'azione irreparabile, un delitto, si sentì infiammare da capo a piedi. Erano bastati cinque minuti ed era diventato un omicida. Non avrebbe mai immaginato un evento del genere nel suo destino. Uno come lui non sarebbe mai stato capace di ammazzare un altro uomo. Quel flacone doveva essergli accidentalmente sfuggito di mano...

Si incamminò lungo la provinciale verso la stazione. Ma fece dieci passi e si fermò, sentendo che gli si drizzavano tutti i peli come a un gatto. Si era dimenticato di raccogliere il flaconcino dell'olio per capelli!

Che fare? Doveva tornare a riprenderlo?

Ma se qualcuno di passaggio l'avesse visto vicino al cadavere, o se dopo aver recuperato il flaconcino avesse incontrato qualcuno, questi sarebbe stato un testimone e magari avrebbe perfino potuto fornire il suo identikit.

Si guardò intorno ma non vide né automobili né persone. Era una strada provinciale totalmente deserta. Figurarsi se in quel sentiero sperduto in mezzo alle montagne avrebbe incontrato qualcuno. Ma non si può mai essere certi di nulla. La sfortuna è sempre in agguato.

Asai pensò di lasciar perdere. A Eiko piacevano le cose belle, ma quel flaconcino con l'etichetta dorata era un oggetto comune, non certo un costoso prodotto d'importazione. In tutto il Giappone se ne vendevano a decine di migliaia ogni giorno. Senza contare che quando Asai l'aveva trovato era già vuoto, quindi Eiko doveva averlo acquistato almeno un anno prima. Al momento di versarci dentro l'acido l'aveva studiato bene e non aveva notato alcuna particolarità. La stessa etichetta era piuttosto vecchia e un po' macchiata.

E poi adesso si trovava a Nagano. Se pure la polizia avesse iniziato le sue indagini da quel flacone, come prima cosa avrebbe battuto a tappeto la zona. Anche se la vittima era di Tokyo, difficilmente avrebbe immaginato che l'assassino l'avesse seguito da lì. Ci sarebbe voluto del tempo prima di indagare sul flaconcino di olio per capelli. E se si fossero presentati direttamente dal produttore, una volta saputo che a Tokyo e nel resto del paese i negozi che vendevano quel prodotto erano decine di migliaia – e milioni i pezzi venduti –, avrebbero girato i tacchi e abbandonato quella pista.

Il flaconcino, dunque, non era il suo problema principale, e tuttavia, per allontanare ogni sospetto, sarebbe stato meglio portarlo via da lì. In fondo non ci voleva molto. Ma se nel tentativo di farlo sparire si fosse cacciato in un guaio imprevisto? Se per esempio qualcuno lo avesse sorpreso sulla scena del crimine, allora sì che per lui sarebbe stata la fine. L'ago della bilancia pendeva sempre più verso la fuga.

Asai non poteva credere di stare pensando cose del genere. Non erano forse ragionamenti da assassino? Non aveva pianificato nulla, non voleva farlo, eppure aveva ucciso un uomo. Se ne stava a galla, vicino alla riva, ma prima che potesse rendersene conto la corrente lo aveva trascinato in mare aperto. Era stata una disattenzione, un errore, fatto sta che si sentiva come se un'onda gigantesca lo avesse travolto, gettandolo in un vortice di assurdità. Con una forza tale da impedirgli di opporre resistenza.

Questo lo sapeva, tuttavia ancora non si capacitava di aver ucciso un uomo. Non ci riusciva. Non era quello che voleva fare. Se lo fosse stato, e magari avesse fallito, allora sì che gli sarebbe sembrato reale. Ma come può apparire reale un gesto commesso così d'impulso?

Non l'aveva fatto per Eiko. Non si sarebbe spinto a tanto solo per vendicarsi. In fondo non era nemmeno così innamorato di lei. E non si commette un crimine tanto grave per una donna che non si ama davvero. Gli sarebbe bastato sapere che anche Kubo era stato a sua volta ingannato da Eiko. Sarebbe stato sufficiente che lui si prostrasse ai suoi piedi e implorasse perdono. Non desiderava altro.

Kubo non avrebbe dovuto rialzare la testa. Il suo errore era stato metterlo alle strette, avventarsi su di lui e tirare fuori gli artigli. La sola cosa di cui Asai si pentiva era di averlo spinto a tanto. Aveva esagerato. Ma tormentarlo gli procurava un sottile piacere. È per questo che aveva continuato. Lo rallegrava sapere che, tra loro due, era Kubo quello che soffriva di più. Ecco spiegato il motivo della sua insistenza.

Tuttavia, il desiderio di fargliela pagare non giustificava certo quello che aveva fatto. Abbandonarlo lì per terra coperto di sangue, con quella corona di pietre intorno alla testa. Una vendetta morale sarebbe stata sufficiente. Bastava che si mettesse in ginocchio, tutto qui.

Per quanto aveva corso lungo la provinciale, venti minuti? Non sentiva più le ginocchia e gli tremavano le cosce. Gli sembrava di essere in un incubo. Correva ma non riusciva ad andare avanti.

Poi, improvvisamente, sopraggiunse una luce alle sue spalle. Udì il rombo di un motore. Ora tremava tutto. Erano venuti a prenderlo. La luce di due fanali, simili a giganteschi bulbi oculari, si fece sempre più forte e accecante. Non si voltò indietro, lo avrebbero visto in faccia. Si affrettò a tirare fuori gli occhiali scuri dalla tasca e se li infilò. Era ancora presente a se stesso.

L'automobile accostò. Il cuore per poco non gli scoppiava.

« Mi sente? » lo chiamò una voce dal finestrino. Si sentì gelare il sangue.

« È diretto alla stazione? ».

Il tono era tranquillo.

« Sì ».

Con gli occhiali scuri non riusciva a vedere bene chi ci fosse nella macchina, ma neanche lo voleva. Abbassò la testa.

« Siamo di strada, l'accompagniamo noi. Salga, su ».

Erano in due. C'era un altro uomo seduto accanto al conducente. Asai pensò a una trappola. Ma ormai non poteva scappare. Non avrebbe saputo dove andare.

Salì sul sedile posteriore e l'auto, di media cilindrata, si rimise in moto. Quello che guidava aveva spalle larghe e portava un cappotto. L'uomo accanto a lui aveva una giacca di pelle e fumava una sigaretta. I capelli erano in disordine, lunghi come quelli di una donna. Questo particolare rincuorò Asai. Non potevano essere poliziotti. Ma continuava a sentirsi il cuore in gola.

Parlavano senza sosta, ma Asai non li ascoltava. Gli fischiavano le orecchie. Dietro il vetro del finestrino vedeva passare le montagne e i campi.

« A che ora ha il treno? » disse a voce alta l'uomo con il cappotto di lana. Così, di punto in bianco.

Asai non lo sapeva. Non aveva consultato l'orario dei treni perché non prevedeva di tornare. A seconda dei movimenti di Kubo, pensava di trascorrere la notte in città oppure a Kami-Suwa.

« Non saprei. Andrà bene il primo treno disponibile ».

« Va a est? ».

« Sì ».

Doveva dirgli che andava a ovest. A est si va a Shinjuku. Ora sapevano che veniva da Tokyo. Avrebbe anche potuto dire che andava a ovest, tanto una volta sceso davanti alla stazione non avrebbero mai saputo se fosse vero o no. Ma ormai era troppo tardi. Correggendosi li avrebbe insospettiti. Il più giovane guardò l'orologio e bisbigliò all'altro: « Sono già le nove e mezzo, per il prossimo gli tocca aspettare fino alle undici. Arriva a Shinjuku alle quattro e mezzo del mattino ».

L'altro annuì ma non rispose. « È andato al sanatorio? » domandò girando il volante a sinistra.

La strada curvò. Adesso si vedeva il paese in lontananza, ma le luci erano ancora scarse.

« Sì ».

« Sarebbe comodo se ci fossero ancora autobus a quest'ora ».

Vedendo i guanti bianchi del conducente, Asai soffocò a stento un grido. Aveva lasciato le sue impronte sul flaconcino. Si sporse in avanti. Stava per chiedergli di fermare la macchina e fare inversione... doveva recuperare il flaconcino, se lo doveva riprendere a ogni costo. Se solo fosse tornato indietro quando era ancora in tempo...

« Come vanno gli affari a Tokyo? ».

« Mah » fece Asai, lasciando cadere la domanda.

« Dicono che si stia mettendo male. Anche noi siamo preoccupati per i tagli. La gente di città pensa che qui in campagna ce la passiamo bene, ma non è più così. Torniamo da una riunione della cooperativa degli agricoltori, si è discusso delle percentuali dei tagli alla produzione del riso, e sembrava di essere a un funerale. Anzi, a dirla tutta un uomo si è suicidato proprio per questo ».

Quindi erano produttori agricoli. Asai capì che doveva usare la massima cautela e si riappoggiò allo schienale del sedile.

# XVI

Sui giornali di Tokyo si parlava dell'omicidio di Kubo Kōnosuke. I titoli erano *L'assassino dello Yatsugatake*, o *Delitto sull'altopiano di Fujimi*, ma il contenuto degli articoli era suppergiù lo stesso:

Domenica mattina, alle sette circa, lungo un sentiero situato a un chilometro dalla provinciale di Azatachizawa, a Fujimi, nella zona di Suwa – prefettura di Nagano – un abitante del luogo ha scoperto il cadavere di un uomo sulla quarantina brutalmente ucciso a colpi di pietra. Grazie a una valigia rinvenuta nelle vicinanze, le autorità competenti hanno potuto identificarlo come Kubo Kōnosuke (38 anni), residente a Tokyo, nel quartiere di Nakano, presso il condominio Keyaki Mansion di Higashi-Nakano. L'ora della morte sarebbe collocabile tra le venti e le ventitré di sabato.

Il fatto è avvenuto sulle pendici meridionali dell'Amigasa, uno dei monti della catena Yatsugatake, nei pressi della gola del fiume Kamanashi, una zona desolata, soprattutto nelle ore serali. Intorno alla testa della vittima sono state rinvenute tre grosse pietre insanguinate del peso di circa due chili ognuna che gli hanno procurato una frattura cranica mortale. C'erano anche tracce di vetriolo sul volto, segno che l'assassino glielo ha gettato addosso per poi finirlo a pietrate mentre l'uomo era a terra. L'efferatezza dell'esecuzione suggerisce che l'autore del delitto volesse vendicarsi della vittima. Nulla è stato rubato.

Il signor Kubo era appena arrivato da Tokyo ed è stato ucciso mentre si recava in visita dalla moglie, ricoverata in un sanatorio della zona. L'aggressore ha lasciato soltanto un flaconcino di olio per capelli contenente una piccola quantità di acido solforico che, con ogni probabilità, aveva riempito lui stesso, il che fa pensare a un atto premeditato. Sul flacone è rimasta un'impronta digitale, che tuttavia non è chiara abbastanza da permettere di identificare il colpevole. Questo olio per capelli è un prodotto molto comune e commercializzato in tutto il paese, il che rende pressoché vana qualsiasi indagine basata sulla rete di distribuzione. La presenza del flacone sulla scena del crimine, in ogni caso, apre il campo all'ipotesi che l'omicida possa essere una donna.

Il signor Kubo occupava una posizione di dirigente presso l'azienda tessile di suo zio a Kyōhashi e, stando al racconto dei colleghi, era un uomo riservato, privo di nemici e su cui non circolavano voci di relazioni extraconiugali.

Benché la tesi più accreditata al momento risulti quella della vendetta, poiché da qualche tempo nella zona si registra la presenza di una comune hippy è stata anche contemplata l'ipotesi che si tratti di un omicidio commesso a imitazione del recente massacro dell'attrice Sharon Tate, verificatosi negli Stati Uniti per mano della setta di Charles Manson.

Il lunedì mattina Asai comprò una pila di giornali all'edicola della stazione e confrontò le varie versioni. Gli articoli sul caso dicevano più o meno tutti le stesse cose.

Leggendo dell'impronta sul flacone di olio per capelli fu colto dal panico, ma quando seppe che non permetteva di risalire al colpevole si calmò. Gli articoli citavano fonti vicine alla polizia, quindi non c'era da dubitare riguardo alla loro veridicità.

Certo, un'impronta poco chiara non permette di identificare chi l'ha lasciata. Basta che ne manchi anche una minima parte ed è perfettamente inutile. Una cosa simile era capitata un paio d'anni prima, nella periferia ovest di Tokyo, quando un furgone portavalori che trasportava centinaia di milioni di yen – i bonus annuali dei lavoratori di una fabbrica – era stato fermato a un finto posto di blocco e rapinato. In realtà gli impiegati della banca che viaggiavano sul furgone, credendo davvero di trovarsi davanti le motociclette bianche della polizia, avevano consegnato i valori di propria spontanea volontà, senza subire costrizioni, e dunque il caso non poteva essere definito una vera rapina a mano armata. Gli inquirenti avevano riposto grandi aspettative in un'impronta digitale rinvenuta sulla scocca in duralluminio del rimorchio, ma a un certo punto i giornali smisero di parlarne, e la stessa sorte toccò a un pugno di terra rossa ritrovato all'interno del veicolo. All'inizio facevano a gara nell'ipotizzare la provenienza esatta di quella che, come si scoprì, era una terra sabbiosa tipica del Kantō, ma le indagini non ne trassero alcun giovamento. Leggendo gli articoli sul caso, Asai si era fatto l'idea che i colpevoli non avessero lasciato inavvertitamente quelle tracce di terra nel furgone: a lui era parso piuttosto un tentativo di depistaggio, e a giudicare dalla rapidità con cui la notizia era sparita dai giornali, evidentemente la polizia era caduta nel tranello. Persino casi con una simile eco mediatica si risolvevano talvolta in indagini fallimentari. Asai si disse che l'impronta sul flacone non avrebbe portato da nessuna parte e questo finalmente lo tranquillizzò.

Tanto per cominciare, le impronte vengono confrontate con quelle dei pregiudicati, e a un onesto cittadino come lui non sarebbero mai arrivati. Senza contare che l'impronta non era sufficientemente chiara.

E poi il flaconcino che aveva riempito di acido solforico era di un tipo molto comune, e gli articoli che ne parlavano come di un appiglio di scarso valore non facevano che confermare le previsioni di Asai. Tra l'altro non era nemmeno nuovo, Eiko l'aveva usato molto tempo prima, e sarebbe stato impossibile risalire a lei da chi gliel'aveva venduto.

Col senno di poi, decidere di non tornare a riprenderlo si era rivelata la scelta più saggia. L'idea di aver lasciato delle impronte gli aveva procurato una certa apprensione, ma ormai era chiaro che non aveva motivo di preoccuparsi. Se si fosse lasciato prendere dall'agitazione e fosse tornato indietro avrebbe potuto fare brutti incontri. Il cadavere era stato scoperto alle sette del mattino successivo, segno che fino ad allora non era passato nessuno, ma chi poteva escludere che tornando indietro non si sarebbe imbattuto in qualcuno che poi lo avrebbe denunciato alla polizia?

Ad Asai non sfuggì il fatto che i giornali non menzionavano i due agricoltori della cooperativa, quelli che lo avevano fatto salire a bordo della loro auto e lo avevano lasciato vicino alla stazione di Fujimi. L'ora e il luogo coincidevano, era più che probabile che si fossero presentati in commissariato, ma i giornali non ne dicevano nulla. Perché?

C'erano tre possibili spiegazioni. La prima era che la polizia volesse tenere segreta la cosa; la seconda che i due uomini, ignari dell'accaduto, si fossero fatti vivi quando i giornali erano già in stampa, e che quindi per leggere un titolo che diceva che qualcuno aveva dato un passaggio a un tipo sospetto che camminava lungo la provinciale bisognasse aspettare il giorno successivo; la terza possibilità era che quei due non avessero minimamente collegato l'omicidio alla persona a cui avevano offerto un passaggio.

Quest'ultima ipotesi era forse eccessivamente ottimistica, ma non la si poteva escludere a priori. In effetti, come pensare che una persona che era andata a visitare un parente al sanatorio, tornando indietro avesse ucciso brutalmente un uomo e poi si fosse diretta a piedi verso la stazione senza preoccuparsi di essere vista da qualcuno?

Ad alimentare la speranza di Asai fu il fatto che nessun articolo – né l'indomani, né il giorno successivo, e nemmeno a distanza di tempo – parlava di « un uomo sospetto che camminava lungo la provinciale ». Se quei due si fossero presentati alla polizia sicuramente i giornali avrebbero dato risalto a una notizia così ghiotta. Inoltre la polizia non poteva tenere nascosto all'infinito quell'asso nella manica, a un certo punto avrebbe dovuto renderlo pubblico, anche per spingere altri eventuali testimoni a farsi avanti. Doveva essere come pensava lui: i due uomini non lo avevano collegato all'omicidio.

Il primo articolo parlava di un delitto efferato assumendo come movente la vendetta. Ma era solo una fantasia degli inquirenti. Non c'era stato nulla di efferato nelle sue intenzioni né alcuna premeditazione. Gli eventi erano precipitati, ma Asai non se ne sentiva responsabile, la sua era stata una reazione puramente impulsiva.

L'articolo diceva anche che, a detta di chi lo conosceva, Kubo non aveva nemici né amanti, nulla che giustificasse un omicidio. Certo, perché loro non sapevano della storia che quel bravo marito aveva avuto con Eiko. E Kubo stesso non sospettava che qualcuno ne fosse a conoscenza. Quanto ad Asai, non aveva aperto bocca con nessuno.

Restava l'agenzia investigativa a cui aveva commissionato le ricerche su Kubo: poteva anche costituire un problema. Se avessero saputo dell'omicidio dai giornali, sarebbero potuti andare alla polizia. Per il momento però nessuno ne aveva parlato.

C'era da chiedersi come mai. Un'ipotesi era che l'accordo di segretezza con il cliente venisse rispettato anche in caso di assassinio della persona oggetto delle indagini. Era difficile immaginare cosa ritenessero prioritario, se la discrezione propria della loro professione o il bene pubblico in vista del quale avrebbero dovuto condividere con la polizia le informazioni in loro possesso, ma il fatto che la stampa non facesse menzione del coinvolgimento di un'agenzia investigativa lasciava pensare che mettessero il loro interesse al primo posto. In fondo un'attività come quella si basa tutta sulla riservatezza, sia nei riguardi del committente che delle persone su cui si indaga. Se il settore è così fiorente è proprio perché i clienti sanno di potersi fidare.

In ogni caso, Asai aveva preso un'ulteriore precauzione. Nessuno all'agenzia conosceva il suo nome, la sua professione e nemmeno l'indirizzo. Aveva fatto tutto sotto pseudonimo. Si era recato di persona all'agenzia ogni volta che doveva comunicare con loro. Per commissionargli il lavoro, lasciare l'acconto, richiedere un supplemento di indagine, ritirare i rapporti e saldare. Inoltre si era sempre fatto vedere con gli occhiali scuri, in modo che, se pure lo avessero incontrato per strada, avrebbero avuto difficoltà a riconoscerlo. Quindi, anche ipotizzando che collaborassero con la polizia, non sarebbero mai riusciti a risalire a lui. Come avrebbero potuto immaginare che il loro cliente lavorasse al ministero dell'Agricoltura? Asai aveva previsto tutto: non era stato solo accorto, era stato anche molto prudente.

Rimaneva solo Takahashi Chiyoko, ma neanche lei lo preoccupava. Chiyoko non poteva sapere, infatti, che Asai fosse al corrente delle circostanze in cui il cadavere di Eiko era stato portato a casa sua. Per quanto ne sapeva lei, Asai ignorava la relazione della moglie con Kubo, come pure il fatto che era morta in casa sua. Non le sarebbe mai venuto in mente di collegare l'omicidio di Kubo al marito di Eiko o a qualche altro suo familiare. Senza contare che la stessa Chiyoko aveva un bel po' di cose da nascondere, visto il ricatto con cui si era fatta cedere la proprietà di Kubo. Non avrebbe fatto nulla che potesse dare nell'occhio.

Dopo tutte queste riflessioni, Asai pensò di essere al sicuro e si tranquillizzò ulteriormente. Soppesò con cura, uno per uno, i dati in suo possesso e arrivò a questa conclusione. Era certo di non essersi fatto speranze illusorie.

A suo favore c'era la pista, suggerita anche dai giornali, del delitto gratuito per mano della comune hippy che gravitava intorno allo Yatsugatake. Si trattava della spiegazione più semplice, e al tempo stesso più intrigante, per un omicidio dal movente così incomprensibile. L'idea che un fenomeno del genere fosse approdato in

Giappone dagli Stati Uniti era destinata a suscitare la curiosità della gente: dimostrava che il paese si stava americanizzando non solo in campo economico – andandoci a perdere – ma anche nelle abitudini criminali. Tutti sono attratti da ciò che è « intrigante ».

Era stata la crudeltà dell'esecuzione a far pensare che dietro ci fosse la comune. I giornali dicevano che non è da criminali comuni aggredire qualcuno con l'acido e poi spaccargli il cranio con tre grossi sassi. È di sicuro una vendetta, avevano scritto. Qualcuno aveva interpretato il precedente americano come l'attacco di una setta religiosa contro la società. Un bel guaio per la comune hippy dello Yatsugatake. A nessuno era venuto in mente che potesse trattarsi di un semplice caso di autodifesa.

Eppure, il ricordo del viso di Kubo ricoperto di sangue e di quelle tre pietre insanguinate vicino alla sua testa nell'oscurità continuava a ossessionarlo.

Se solo fosse riuscito a dimenticare, le cose avrebbero ripreso a muoversi nel verso giusto.

Ogni giorno al ministero Asai si dava un gran da fare. Esaminava lettere e documenti, lasciando se necessario un appunto su un foglio per i suoi superiori, incontrava gli imprenditori, prendeva parte alle riunioni, redigeva progetti. Era perennemente occupato.

Così riusciva a non pensare all'omicidio dell'altopiano di Fujimi. E finalmente il ricordo cominciava a sbiadire, era successo tanti giorni prima in un posto lontano, sembrava appartenere sempre di più al passato. Gli appariva sempre meno reale. Nel suo gesto non vi era stata premeditazione. Si era trattato di pura casualità. Le cose casuali non hanno un obiettivo. E un gesto privo di obiettivo non lascia tracce nella coscienza di chi lo compie.

Ciò nonostante non riusciva a sentirsi tranquillo. Di tanto in tanto gli balenava la consapevolezza di essere un assassino. E allora sudava freddo. Non per la gravità morale della propria colpa, bensì per il terrore di essere scoperto. Un terrore simile a quello di chi si trova a un passo da un precipizio, e che gli faceva venire voglia di gridare. Arrivava all'improvviso, come un attacco di crampi allo stomaco. E come succede con i crampi, il dolore poi passa, lo si dimentica, cede il posto alla normalità. Neanche lo spettro di Kubo era mai venuto a tormentarlo.

Si era ormai alla metà di novembre.

Il settore dei servizi del Consiglio nazionale delle cooperative agricole lo contattò per chiedergli di tenere una conferenza sulla trasformazione alimentare.

« Dove, di preciso? ».

« Nella zona meridionale della prefettura di Nagano. Vengo per conto del Consiglio delle cooperative agricole di Nagano, dove si registra un forte interesse per questo tipo di produzione, soprattutto nella zona di Suwa. Conoscono la sua esperienza e hanno chiesto espressamente di lei, signor Asai. In passato ha fatto visita ad altre prefetture. In seguito si è parlato molto bene di lei, e la voce è arrivata anche a Nagano. Ecco perché non vedono l'ora di poterla ascoltare ».

Asai rifiutò all'istante. In genere si prendeva comunque un paio di giorni prima di declinare gentilmente un'offerta.

« Al momento sono molto occupato. Non posso proprio assentarmi ».

« Possiamo fare un po' più in là » disse l'altro, mandato apposta dal Consiglio per negoziare.

« Temo che sarà impossibile anche più in là. Per il momento non riesco a fare previsioni ».

Suwa, nella prefettura di Nagano, è l'ultimo posto al mondo dove andrei, pensò Asai. C'era il rischio concreto che incappasse nei due uomini che gli avevano dato un passaggio sulla strada provinciale per accompagnarlo alla stazione di Fujimi. Quello alla guida, con indosso il cappotto, aveva detto chiaramente di appartenere alla cooperativa agricola della zona. Tornavano da una riunione dove si era discusso dei tagli alla produzione del riso. Sicuramente erano gli stessi che, per far fronte alle perdite, avevano proposto di lanciarsi nella trasformazione alimentare. Non doveva abbassare la guardia, avrebbe potuto trovarsi faccia a faccia con loro. Forse erano perfino gli organizzatori dell'iniziativa e sarebbero sicuramente andati a sentirlo.

Quella sera aveva avuto il sangue freddo di rimettersi gli occhiali da sole, inoltre era buio e probabilmente non l'avevano visto bene, tuttavia trovandoselo di fronte avrebbero potuto riconoscerlo. Si erano anche scambiati qualche parola – non molte, in verità – durante il tragitto in macchina. La sua voce poteva suonargli familiare. E pure ammettendo che non avessero messo a fuoco i tratti del suo viso, non si poteva escludere che qualcosa della sua figura gli fosse rimasto impresso.

Rifiutare era la scelta più saggia. Non c'era alcun bisogno di avventurarsi in un posto così pericoloso.

«Mi dispiace. Non ci vuole pensare un po' su?».

«Stavolta non posso davvero» ripeté Asai come se volesse chiudere in fretta il discorso.

«Lei però ha fatto visita alla vicina prefettura di Yamanashi non molto tempo fa. Perché ora rifiutarsi di andare a Nagano? Se vogliono lei è proprio perché sono al corrente della sua visita a Yamanashi».

In effetti, a inizio autunno Asai aveva tenuto una conferenza a Yamanashi... Sarebbe stato meglio se non ci fosse andato. Ma che poteva farci? Era successo prima dell'omicidio di Kubo. Un atto che non era stato premeditato. Se ci fosse stata premeditazione, non sarebbe mai andato a Yamanashi subito prima.

«Manderò qualcuno al posto mio» propose Asai.

«Mah. Le loro istruzioni sono state molto precise. Vogliono lei perché hanno sentito parlare bene della sua conferenza a Yamanashi. Sa che mi manda il Consiglio della prefettura? In ogni caso riferirò loro quanto mi ha detto».

«Purtroppo io non ci posso proprio andare».

# XVII

Asai continuò a controllare i quotidiani per assicurarsi che non vi fossero nuovi articoli. A casa gliene arrivava uno solo, quindi consultava gli altri tre più importanti in ufficio. Li trovava tutte le mattine già infilati nelle aste portagiornali.

Dopo tre settimane non se ne parlava più. Nel frattempo c'erano stati altri incidenti, altri crimini. I giornali non bastavano a contenerli. Non c'era spazio sufficiente per seguire ogni singolo caso fino alla fine, e forse nemmeno la perseveranza necessaria. Per attirare l'interesse dei lettori a quanto pareva c'era bisogno di una nuova storia ogni giorno.

Presto quella di Kubo sarà una storia vecchia, acqua passata, si disse Asai. E in parte lo era già. Come tanti altri delitti anche quello sarebbe finito in fondo a un vecchio schedario.

Fino ad allora si era buttato anima e corpo nel lavoro per dimenticare, per sottrarsi al peso di quell'indagine invisibile, ma sicuramente ancora in corso. Ora però sentiva quel peso alleggerirsi sempre più, poteva tornare alla normalità, ricominciare a respirare liberamente.

Ecco perché andare a Nagano proprio adesso era fuori discussione. Resistere alla tentazione di tornare dalla strada provinciale alla scena del crimine per recuperare il flacone di vetriolo era stata la scelta giusta: ora non poteva esporsi al rischio di farsi vedere proprio lì. Aveva fatto bene a rifiutare. Poteva andarci qualcun altro.

Qualche giorno dopo, però, gli capitò tra le mani un settimanale che qualcuno aveva lasciato nella mensa dell'ufficio. Mentre lo sfogliava lo sguardo gli cadde su una rubrica intitolata «Supplementi d'indagine», il cui contenuto lo fece sobbalzare:

Si è a lungo parlato di un possibile coinvolgimento della comune hippy nel misterioso omicidio dello Yatsugatake – un presunto assassinio rituale – ma una recente testimonianza ha spinto le indagini in una nuova direzione.

Il corpo senza vita del trentottenne Kubo Kōnosuke, dirigente dell'azienda tessile di famiglia, la R. di Kyōhashi, Tokyo, era stato rinvenuto la mattina di domenica 26 ottobre lungo un sentiero sull'altopiano di Fujimi ed era stato stabilito che l'omicidio risaliva alla sera prima.

Un atto efferato: l'assassino ha gettato dell'acido sul viso dell'uomo, poi l'ha finito con tre colpi di pietra alla testa. Questa la tragica sorte toccata al signor Kubo mentre, da Tokyo, si recava a far visita alla moglie, ricoverata in un sanatorio della zona. La vittima non è stata derubata e nulla fa pensare che il gesto sia stato motivato da un desiderio di vendetta: così si è fatta strada l'ipotesi di un omicidio «privo di movente» e tutti i sospetti sono ricaduti sulla comune.

Sulle prime se ne è parlato come della versione giapponese del massacro di Sharon Tate, ma le successive indagini hanno escluso il coinvolgimento della comune. Anche se tempo fa molti hippy si erano stabiliti nella zona dello Yatsugatake, quando la moda è passata, verso l'inizio dell'autunno, si sono dispersi come foglie al vento, e ormai ne restano ben pochi.

Nel frattempo la polizia è invece venuta a conoscenza di un nuovo elemento. Intorno alle 21:30 del 25 ottobre un uomo camminava lungo la strada provinciale a poca distanza dal sanatorio. Due soci della locale cooperativa agricola, Kido Akiharu (40 anni) e Haruta Jirō (23 anni), lo hanno visto e gli hanno offerto un passaggio fino alla stazione ferroviaria di Fujimi. L'uomo dimostrava una quarantina d'anni, ma siccome portava occhiali scuri ed era buio non sono riusciti a vederlo bene. Durante il tragitto ha detto di essersi recato in visita al sanatorio, ma dalle verifiche della polizia è emerso che nessuno è uscito da lì a quell'ora. Inoltre il punto della strada in cui l'uomo è stato visto camminare si trova molto vicino al bivio che conduce al sentiero dove è stato rinvenuto il cadavere. Questo elemento, e il fatto che l'ora coincida, danno motivo di pensare che l'uomo sia coinvolto nell'omicidio.

In macchina lo sconosciuto ha inoltre detto di voler prendere un treno diretto a est – cioè verso Tokyo. E poiché la vittima era di Tokyo, si può pensare che i due si conoscessero e che fossero arrivati insieme a Fujimi, dove poi l'assassino ha aggredito Kubo. Se così fosse, prenderebbe corpo l'ipotesi che quello che finora è stato considerato un omicidio privo di movente abbia in realtà radici più profonde. Gli investigatori stanno passando al setaccio la cerchia delle conoscenze della vittima.

Dunque i quotidiani non ne parlavano più, ma in compenso le riviste di cronaca nera stavano seguendo gli sviluppi dell'indagine. Asai guardò la copertina e vide che quella era della settimana precedente. Non aveva mai pensato di controllare anche i periodici.

Ciò che in cuor suo più aveva temuto si era avverato e adesso era uscito alla luce del sole. Quei due avevano spifferato tutto alla polizia. Il crimine che Asai aveva cercato di dimenticare all'improvviso si ripresentava raccapricciante davanti ai suoi occhi.

Quel giorno quasi non toccò cibo. La sola cosa che riuscì a mandare giù fu un bicchier d'acqua. Devo calmarmi, pensò. Doveva ragionare a mente fredda su ciò che aveva appena letto. Proviamo a capire se davvero quest'articolo è un segnale di pericolo, si disse.

Per prima cosa, i due testimoni avevano parlato di un uomo sulla quarantina, con gli occhiali da sole, che non erano riusciti a vedere bene. Questo se l'aspettava. Mettersi gli occhiali scuri era stata una buona mossa. La rivista non lo diceva, ma se non erano riusciti a vederlo bene era anche perché aveva tenuto la testa bassa ed evitato di mostrarsi in volto. Era naturale che non se lo ricordassero, tantomeno sarebbero riusciti a fornirne un identikit.

Secondo, l'uomo in questione aveva detto loro che avrebbe preso un treno diretto a est. Per la precisione era stato quello al volante a chiedere se andasse verso Tokyo, e lui aveva semplicemente annuito. Al che Kido Akiharu – così lo aveva chiamato il giornalista – si era messo a parlare con Haruta Jirō, l'amico più giovane, dell'orario dei treni diretti a est.

Sarebbe stato meglio se avesse detto di voler andare nella direzione opposta, ma non si era potuto correggere. Tuttavia questo significava soltanto che « l'uomo » forse era di Tokyo, ma l'articolo poi diceva che le ricerche della polizia si sarebbero concentrate sulla cerchia delle conoscenze di Kubo. Il treno per Tokyo costituiva un elemento di rischio, ma anche scavando nella vita privata di Kubo non sarebbero mai potuti arrivare fino a lui. Nessuno lo conosceva. Quindi non c'era nulla che facesse ipotizzare un valido movente...

E così Asai si convinse di non essere in pericolo.

All'inizio la lettura di quel settimanale lo aveva turbato, ma gli era già passata. Si sentiva di nuovo tranquillo.

Tre o quattro giorni dopo, ricevette un'altra visita dal rappresentante del Consiglio nazionale delle cooperative agricole.

« Signor Asai, ho detto a quelli di Nagano che lei non può andare. Mi hanno risposto ieri, insistono perché accetti. Non vuole ripensarci? ».

L'espressione di Asai si indurì.

« Non avevamo stabilito che ci sarebbe andato qualcun altro? ».

« Ho provato a convincerli. Dicono che non vogliono nessun altro ».

Fece un sorrisetto irritante, come per dire o tu o niente.

« Ma che significa? Ho anch'io i miei impegni. Non

posso assecondare sempre gli altri. Riferisca loro che sono desolato, ma non ho cambiato idea».

«Ma non può proprio fare niente?».

«No, non posso. Del resto ci sono molte altre persone perfettamente in grado di tenere una conferenza sull'argomento».

«Si sbaglia. È questo il problema. Abbiamo provato a cercare un sostituto, ma non c'è nessuno a parte lei. A quanto pare a Nagano ci hanno visto lungo».

«La prego, non insista. Non posso andarci».

«Sa che mi sta mettendo in difficoltà? Lei è andato a Yamanashi, ha fatto una bella conferenza, ne hanno parlato tutti bene. Le stanno solo chiedendo di andare anche da loro, nella prefettura confinante».

«Ho molto da fare qui al ministero. Non posso spostarmi adesso, è fuori discussione» ripeté Asai con tono brusco.

«Quand'è che potrebbe allora?».

Asai non rispose.

«Quand'è che pensa di essere più libero?».

«Non sono in grado di fare previsioni. In ogni caso non ci posso andare. Declini l'invito, per favore, lo declini» disse Asai, accompagnando la risposta con un gesto secco della mano.

Andare nella parte meridionale di Nagano era impensabile. E non solo lì. L'intera prefettura sarebbe stata troppo pericolosa. I soci delle cooperative agricole di tutta la zona, dietro sollecitazione della sede centrale, sarebbero andati ad ascoltarlo.

Kido Akiharu e Haruta Jirō: due nomi che doveva tenere a mente. Soprattutto il primo, Kido, che data l'età poteva anche essere un dirigente della sezione di Fujimi, e in quanto tale presenziare a molti eventi. Non poteva abbassare la guardia.

Per dieci giorni non successe niente. Il Consiglio nazionale non si fece sentire. All'ufficio non era pervenuta alcuna richiesta di sostituti, segno che forse si erano rivolti a un tecnico del Centro di ricerca per l'innovazione agricola. È così che si fa di solito, non sono i funzionari pubblici a partecipare a iniziative del genere. Le questioni tecniche è meglio lasciarle agli esperti.

Ed ecco che Asai ricevette una lettera da Yagishita. Dopo una prima parte occupata dai soliti convenevoli, e una serie di richieste che veniva fatta passare per le lamentele degli agricoltori, la lettera proseguiva: «Nella prefettura di Tottori si va sempre più verso una modernizzazione, e a questo fine si intende destinare all'industria di trasformazione parte delle risorse finora impiegate nella risicoltura. Perciò a breve il Consiglio centrale delle cooperative organizzerà una settimana di formazione. Tra i relatori ci saranno docenti universitari e famosi imprenditori dell'agroalimentare, ma mi hanno chiesto di trasmetterti l'invito a partecipare per due giornate. Sanno che siamo in buoni rapporti, per questo si sono rivolti a me.

«Il direttore generale e io siamo amici di vecchia data, è una persona molto perbene. Dice che la tua presenza darebbe lustro all'iniziativa, contribuendo al suo successo. Nella prefettura di Tottori c'è il Parco Nazionale di Taisen-Oki, le famose dune, le terme di Misasa, ricche di radio, e loro non vedono l'ora di portartici. Immagino che sarai molto occupato e mi scuso per la richiesta, ma...» e continuava con la preghiera di accontentarli.

Trattandosi del vecchio Yagishita, in circostanze normali avrebbe fatto buon viso a cattivo gioco. Non era mai stato a Tottori e l'idea di farsi accompagnare in giro per località turistiche lo attirava. E per la verità non era nemmeno troppo preso dal lavoro. Ma se fosse andato quelli di Nagano si sarebbero rifatti vivi. Rifiutarsi di andare da loro e partire subito dopo per Tottori non avrebbe giovato alla sua immagine. Avevano già avuto da ridire sul fatto che, pur avendo accettato di far visita alla vicina Yamanashi, non era voluto andare anche a Nagano: se ora fosse andato fino a Tottori, che era molto più lontano, avrebbe senza dubbio suscitato le loro proteste.

La lettera di Yagishita diceva che il Consiglio teneva molto alla partecipazione di un vicecapo di sezione, perché avrebbe dato lustro all'iniziativa. Asai lo capiva perfettamente. Era lo stesso motivo per cui quelli di Nagano avevano insistito tanto.

La cosa lo lusingava, ma in quel momento era un lusso che non poteva proprio concedersi. Si parlava tanto di autonomie regionali, ma nessuno era immune da una certa sudditanza dal potere centrale. Sebbene le aree rurali si lamentassero delle interferenze politiche del centro, l'autorità del governo era guardata con rispetto.

Yagishita gli telefonò da Kōbe.

« Ho ricevuto la tua lettera » gli annunciò con voce grave. « Capisco che hai da fare, ma da Tottori continuano a chiedermi di te, non li vuoi proprio accontentare? ».

« Non posso » rispose secco Asai. Conosceva l'ostinazione di Yagishita e sapeva che se ci avesse girato intorno non se lo sarebbe più tolto dai piedi.

« Ma manca ancora parecchio, non devi andarci adesso ».

« Non riuscirò nemmeno più avanti. Ci avviciniamo alla fine dell'anno. Per un po' non potrò permettermi nessuna trasferta ».

« Così mi metti in difficoltà ».

« Non so cosa farci. Perché non si rivolgono a qualche docente universitario? ».

« A quanto pare non gli basta. La tua fama è arrivata fino a Tottori, vicecapo di sezione Asai! ».

« Mi dispiace, ma non ho proprio scelta ».

« Ho capito, oggi sei di cattivo umore. Ti richiamo un altro giorno ».

« Puoi chiamare quante volte vuoi, non cambierò idea. Non c'entra niente l'umore. Spiegaglielo e di' che si mettano l'animo in pace ».

« Sì, sì, vedremo... In ogni caso dovrò venire a Tokyo per altri affari ».

« A Tokyo sei sempre il benvenuto, ma ti prego di non uscirtene di nuovo con questa storia ».

«A presto, ti saluto» disse ridendo Yagishita, quindi riagganciò.

È testardo e non rinuncerà così facilmente, pensò Asai. Se addirittura dopo aver letto la sua risposta gli aveva telefonato, poteva significare soltanto che aveva promesso qualcosa al suo amico del Consiglio centrale. «Il vicecapo di sezione Asai è un amico, non oserà rifiutare, ci penso io»: conoscendo Yagishita, sicuramente gli aveva detto qualcosa del genere.

Sarei pazzo ad andare, si disse. Non era per capriccio, era una questione di vita o di morte.

Quattro giorni dopo Yagishita gli telefonò di nuovo.

«Ci hai pensato?».

«La risposta è sempre no».

«C'è ancora tempo. Rifletticì su».

«Non c'è niente su cui riflettere. È quasi la fine dell'anno e dobbiamo chiudere la contabilità. Non mi posso muovere».

«Dài che lo trovi un po' di tempo...».

Dopo aver riagganciato, Asai pensò che, pur essendo abituato all'insistenza di Yagishita, questa volta davvero non ne poteva più. Ma a infastidirlo, in realtà, non erano né Yagishita né Tottori. Il problema era la richiesta arrivata da Nagano. Se non ci fosse stata quella, una visita alle terme a dicembre non gli sarebbe per niente dispiaciuta.

Da Nagano, però, non si fece più sentire nessuno, segno forse che avevano rinunciato.

Passarono tre giorni. Asai era in attesa dell'ascensore quando la cabina gli si aprì davanti. Ne uscirono il caposegretario di gabinetto e Shiraishi. Il caposegretario era snello ed elegante come una gru, Shiraishi grasso e sgraziato come un orso. Asai li salutò con un inchino.

Fecero cinque o sei passi nel corridoio, poi Shiraishi si fermò e tornò indietro. Asai, vedendo che gli rivolgeva un sorriso falsamente amichevole, pensò che avesse qualcosa da chiedergli. Mentre il capo avanzava lentamente, con i suoi pantaloni larghi, Asai gli si avvicinò di qualche passo.

«Come stai? Va un po' meglio?» gli domandò con tono pacato Shiraishi. Voleva avere notizie, dopo quello che gli era successo. Una premura da buon superiore, mescolata a un certo paternalismo da politico navigato.

«Sto bene, grazie» rispose Asai chinando il capo in segno di rispetto.

«Questa è la cosa più importante, ma volevo parlarti anche di altro: il Consiglio centrale di Nagano mi ha chiesto di far loro visita e conto di andare per tre giorni a metà della prossima settimana. Stanno riconvertendo alcuni settori della produzione e hanno parecchie richieste, non possiamo voltarci dall'altra parte. Sono interessati soprattutto alle tecniche di trasformazione di prodotti agricoli, bovini e suini, quindi pensavo di portarti con me. Sarà bene che cominci a organizzarti. È da quella volta a Kōbe che non viaggiamo insieme, vero?».

Asai non rispose.

«Devi averne un ricordo terribile... Speriamo che questa volta vada tutto bene».

Silenzio.

«Allora d'accordo?».

«... Va bene, va bene».

Shiraishi raggiunse il caposegretario, voltarono l'angolo del corridoio e sparirono entrambi. Asai rimase per un po' immobile, frastornato.

La porta dell'ascensore si aprì davanti a lui ma nessuno salì. Si richiuse e scese tutto solo.

# XVIII

Quando Shiraishi andò a Nagano, Asai non lo accompagnò. Due giorni prima gli fece sapere che aveva la febbre e un forte raffreddore, quindi doveva restare a casa.

Perché mai sarebbe dovuto andare in un posto così pericoloso?

Sapeva che in questo modo avrebbe recato danno all'immagine del capo di gabinetto, ma proprio non poteva rischiare. Non c'era altra scelta. A Shiraishi avrebbe pensato dopo.

I figli di papà come lui facevano presto a cambiare umore. Erano tutti lunatici. Ma a un funzionario competente come Asai nessuno avrebbe serbato rancore a lungo. È da sciocchi inimicarsi un collaboratore così esperto, e i suoi superiori lo sapevano bene. Shiraishi, poi, non aspirava certo a occupare quella posizione per tutta la vita, mirava alla poltrona di direttore generale delle politiche agricole. Gente come lui non si scomponeva per così poco.

Tuttavia, quando davanti all'ascensore gli aveva proposto di accompagnarlo a Nagano, così su due piedi, Asai aveva accettato, salvo poi pentirsene amaramente. Non era riuscito a rifiutare, Shiraishi gli incuteva soggezione. Era solo un figlio di papà, certo, ma i ruoli restano pur sempre i ruoli. E se c'era una cosa che proprio non mancava ad Asai era il senso delle gerarchie.

Per quattro o cinque giorni fu di pessimo umore. A un certo punto gli arrivò la comunicazione ufficiale della trasferta a Nagano. Avendo già detto di sì a Shiraishi, non poteva più tirarsi indietro. Gli restava una sola carta da giocare: il permesso per malattia. E così riuscì a scamparla per un pelo.

Magari a Nagano non sarebbe successo niente, ma nulla lo garantiva. Da qualche parte avrebbe potuto incrociare quei due, Kido Akiharu e Haruta Jirō. Dicevano di non ricordarsi che faccia avesse, ma rivedendolo in carne e ossa gli sarebbe potuta tornare la memoria. Non era proprio il caso di consegnarsi a loro su un piatto d'argento.

Uno dei responsabili della sezione fu nominato suo sostituto in fretta e furia e partì per Nagano insieme al capo di gabinetto. Stando a quello che gli riferì, tutti erano rimasti delusi per l'assenza di Asai.

« Dicono che ti aspettano alla prossima occasione. Vogliono organizzare un evento tutto incentrato sulla formazione e preferiscono affidare le lezioni a un esperto come te piuttosto che ai pezzi grossi del ministero » gli disse.

Neanche per idea, pensò Asai. Se voleva stare al sicuro, avrebbe dovuto far passare un bel po' di tempo prima di accettare inviti fuori città.

Non gli capitò più di incontrare Shiraishi. Sentiva di dovergli delle scuse, ma non gli andava di presentarsi nel suo ufficio solo per quello. Con il capo di sezione invece si era scusato al ritorno, dopo « essere guarito dal raffreddore ».

« Stavi male, che ci vuoi fare? Parlerò io con il capo di gabinetto ».

La sua indifferenza aveva leggermente irritato Asai, come a sottintendere che non avevano avuto alcuna difficoltà a rimpiazzarlo. Anche il suo diretto superiore proveniva da un'università prestigiosa e sperava che il suo attuale impiego fosse solo temporaneo. I tipi come lui non avevano un vero interesse per il loro lavoro, l'unica cosa che contava era fare carriera.

Si aspettava che Shiraishi gli avrebbe fatto sapere tramite il caposegretario di sezione che era rimasto dispiaciuto, ma non fu così. Evidentemente anche per lui non contava più di tanto se ad accompagnarlo era Asai o un altro impiegato qualunque. E anche se era vero che gli agricoltori di Nagano avevano chiesto di incontrare proprio lui, le parole lusinghiere del collega che lo aveva sostituito erano solo di circostanza. Forse si stava tormentando inutilmente.

L'eccesso di prudenza aveva ingigantito la situazione. Certo, doveva stare attento. Faceva bene ad agire con cautela, ma tutta quella tensione non era necessaria. Meglio mantenere la calma.

Fino allora non era accaduto nulla che potesse metterlo in apprensione. Del caso non parlavano più né i quotidiani né i settimanali. Nessun segnale che gli inquirenti fossero vicini alla soluzione. Le immagini della campagna deserta in cui si era consumato l'omicidio, il complesso montuoso dello Yatsugatake e l'altopiano di Fujimi, che pure avevano attratto la curiosità dei lettori, dovevano cedere il posto sui giornali ai sordidi resoconti dei crimini della metropoli. Senza sviluppi nelle indagini non restava granché da scrivere.

Malgrado il suo desiderio di scusarsi con il capo di gabinetto, non riusciva mai a farlo. L'anno finì e ne cominciò uno nuovo. Shiraishi li convocò tutti per gli auguri, ma non era il momento più indicato per farsi avanti e porgergli le proprie scuse.

Passarono anche gennaio e febbraio, senza che gli si offrisse l'occasione di trovarsi da solo con il suo superiore. Di tanto in tanto gli accadeva di vederlo, ma o era troppo lontano o era in compagnia di qualcuno. Non si erano mai incrociati, ad esempio, vicino all'ascensore.

Così funziona con le occasioni: o ne capitano troppe oppure nessuna.

All'inizio di marzo finalmente lo vide davanti all'entrata del palazzo. Shiraishi con tutta probabilità stava andando a pranzo e camminava su e giù in attesa che arrivasse l'autista.

Asai esitò per qualche istante – dopotutto erano passati tre mesi, che se ne faceva ormai delle sue scuse? – ma poi pensò che doveva togliersi quel peso o avrebbe continuato a rimuginarci sopra.

« Capo, » gli disse avvicinandosi con un leggero inchino « lo scorso... dicembre non ho potuto accompagnarla, volevo farle le mie scuse ».

Shiraishi si fermò e si voltò verso di lui. Non capiva di cosa stesse parlando, glielo si leggeva in faccia.

« Mi riferisco a... quando è andato a Nagano su invito del Consiglio delle cooperative agricole e io mi sono ammalato e non sono potuto venire » disse Asai abbassando di nuovo la testa.

« Ah... ».

Gli occhi sottili di Shiraishi sembrarono aver finalmente messo a fuoco quello a cui si riferiva.

« È vero, ora mi ricordo. Sì, certo... Be', adesso ti sei rimesso? ».

Che non gliene importasse niente si capiva da come si era avviato verso la macchina prima ancora di finire la frase.

« Sì, grazie, adesso sto bene ».

In tre mesi si fa in tempo a guarire da un raffreddore, pensò Asai.

« Riguardati, allora ».

« Grazie ».

Quando Shiraishi gli volse le sue larghe spalle, Asai si pentì di essere andato a scusarsi. Per uno nella sua posizione, infatti, che rilevanza poteva avere che un dipendente andasse o meno insieme a lui? Era sufficiente mettere insieme un numero adeguato di accompagnatori.

« Sono interessati soprattutto alle tecniche di trasformazione di prodotti agricoli, bovini e suini, quindi pensavo di portarti con me. Sarà bene che cominci a organizzarti. È da quella volta a Kōbe che non viaggiamo insieme, vero? ». Quel giorno, davanti all'ascensore, Shiraishi voleva solo ingraziarselo. Capita spesso che i tipi come lui dicano le cose tanto per dirle. È un modo per accattivarsi i dipendenti. Per loro sono parole prive di importanza.

Asai avrebbe potuto evitare di angosciarsi. Il capo se n'era dimenticato già da un pezzo. Ripensò a quel lungo braccio di ferro con se stesso e se ne rammaricò, ma al contempo ritrovò la serenità. Il suo era il rammarico del piccolo funzionario sempre preoccupato di dover compiacere i superiori. Sebbene giudicasse Shiraishi un uomo mediocre, Asai aveva subìto per anni quel sistema oppressivo, tutto basato sulle gerarchie. Provava invidia per i colleghi più giovani, che sembravano immuni da questi problemi. In ogni caso era un fatto positivo che Shiraishi non se la fosse presa, e poi ora sapeva che da Nagano non c'era nulla da temere.

Seguirono tempi più sereni. Giornate fredde si alternavano ad altre più miti, quasi primaverili. I quotidiani parlavano tutti i giorni di nuovi casi di omicidio. I colpevoli in genere venivano arrestati subito e quelli che riuscivano a scappare magari finivano per suicidarsi. All'identità degli assassini si arrivava sempre indagando sui loro rapporti con le vittime e in genere era una terza persona a rivelare cause e moventi. Altrimenti la polizia difficilmente scopriva il colpevole.

Asai teneva allineati sulla scrivania tutti i manuali di diritto necessari per il suo lavoro, incluso naturalmente il codice del diritto giapponese. Il capitolo XXV della sezione dedicata ai pubblici funzionari si intitolava « Corruzione ».

Articolo 197. Il pubblico ufficiale, o altri in sua vece, sarà condannato ad almeno tre anni di reclusione se riconosciuto colpevole di aver accettato o richiesto, o essersi accordato al fine di offrire o ricevere denaro nell'esercizio delle proprie funzioni. Sarà condannato a una pena non superiore ai cinque anni, se riconosciuto colpevole di un tentativo di corruzione.

Fatto curioso, il capitolo immediatamente successivo, il XXVI, riguardava l'omicidio.

Articolo 199. Chi è riconosciuto colpevole di omicidio sarà condannato a morte o a una pena detentiva di una durata compresa tra i tre anni e l'ergastolo.

Quindi, pensò Asai, si pensava che anche i pubblici ufficiali potessero commettere omicidi.

Articolo 250 del Codice di procedura penale. La prescrizione si applica come segue: 1) per i crimini che prevedono la pena di morte, dopo quindici anni; 2) per i crimini che prevedono il carcere a vita, dopo dieci anni; 3) per i crimini che prevedono oltre dieci anni di detenzione o lavori forzati, dopo sette anni.

Da quindici a sette anni. Asai provò a misurarne la durata. L'unità di misura erano gli anni che gli restavano ancora da lavorare. Tra quindici gliene sarebbe mancato uno alla pensione. Tra dieci forse sarebbe diventato capo di sezione. Tra sette, sarebbe stato sul punto di diventarlo.

Anche se era riuscito ad allontanare da sé il ricordo di quanto era accaduto a Fujimi, di tanto in tanto si metteva a fare questi calcoli. Ma non per timore che la polizia arrivasse a lui, bensì per misurare con il metro della legge la strada che l'avrebbe messo in salvo.

Proprio mentre era immerso in questi pensieri ricevette una visita di Yagishita, che era di passaggio a Tokyo.

« Qual buon vento ti porta? » gli domandò dopo averlo accompagnato in un caffè poco distante dall'ufficio. Era arrivato giusto in tempo per la pausa pranzo. La finestra guardava su un parco pieno di impiegati del ministero che andavano a passeggio.

«È per fare un favore al nostro concessionario di Tokyo. Lo porto alle terme in Hokkaidō».

«Ti dai da fare, eh?».

«Nel nostro settore la concorrenza è spietata. Io al momento mi muovo solo a livello nazionale, ma c'è anche chi regala vacanze all'estero».

«E chi è che fa di questi regali?».

«La Kurozaki, la fabbrica di macchinari agricoli. Quello però è tutt'altro giro di affari, con i miei prosciutti e le mie salsicce non lo vedo nemmeno da lontano. La Kurozaki a fine marzo si porta i soci delle cooperative agricole del Kōshin'etsu[1] nel Sud-est asiatico».

«Di tutto il Kōshin'etsu? È parecchia gente».

«Credo che ne selezionino una quarantina. I soci più influenti.

«Hanno congegnato un bel piano: piuttosto che portarsi i pezzi grossi del Consiglio centrale, si sono scelti i soci delle cooperative locali. Uno dei dirigenti della Kurozaki è mio amico, me l'ha detto lui. Sai com'è, questa storia dei tagli alla produzione del riso è un bel grattacapo per chi fabbrica macchinari agricoli».

«È dura, eh?».

«Per chi è nel giro sì, è dura».

Due giorni dopo, il capo di sezione disse ad Asai: «Ti andrebbe di partecipare a un'iniziativa di formazione organizzata dal Consiglio delle cooperative agricole di Nagano?».

«Nagano?». Asai era sgomento.

«Esatto. Il Consiglio centrale della prefettura, insieme a quello nazionale, ha chiesto espressamente di te dietro istanza delle sezioni locali».

Ancora quelli di Nagano! Ma com'è possibile che siano così ostinati? pensò Asai irritato.

«Dove a Nagano?».

1. Il Kōshin'etsu è la regione che comprende le prefetture di Yamanashi, Nagano e Niigata [*N.d.T.*].

«Nella zona meridionale».
Non rispose.
«Vogliono che tu tenga delle conferenze in diverse città, cinque giorni in tutto. A dire la verità è stato il capo di gabinetto Shiraishi a dirmi di rivolgermi a te».
«Il capo di gabinetto?».
«Proprio così. Dice che siccome c'è in ballo questa storia della diversificazione della produzione il ministero deve mostrarsi disponibile a collaborare. So che è una faticaccia, ma sarebbe il caso che ci andasse uno competente in materia, e chi meglio di te?».
«Io... Quelli di Nagano hanno chiesto proprio di me?».
«Non esattamente. Hanno detto che avrebbero voluto un esperto in materia e il capo mi ha detto di mandare te».
«Ne sei proprio sicuro?».
«Sì. Ma scusa, non sei stato tu a dirgli che eri rimasto male per non essere potuto andare con lui a dicembre a causa del raffreddore, lasciando intendere che alla prossima occasione ti avrebbe fatto piacere accompagnarlo a Nagano?».
Quelle erano state solo frasi di circostanza, non significava che volesse andarci per davvero. Shiraishi lo aveva frainteso, ma ovviamente non poteva dirlo al capo di sezione, che proseguì: «Il capo di gabinetto se lo ricorda molto bene».
Asai non rispose.
«Sono cinque giorni, partenza il 1° aprile. A breve ti arriverà anche la lettera di incarico».
«In quali distretti della zona meridionale di Nagano?».
«Ina, Takatō, Iida, Fujimi e Chino. Per la precisione sono cinque notti e sei giorni».
Asai non poteva rifiutare. Non dopo l'altra volta. Era stato Shiraishi in persona a fare il suo nome.
Ormai non poteva più accampare la scusa di un malessere improvviso. Era una via di fuga percorribile una volta sola.
Andare a parlare al capo di gabinetto era stato un er-

rore. Lui se n'era dimenticato, non gliene importava niente. Asai aveva subito sentito di aver parlato a sproposito e aveva avuto un brutto presentimento. Non si sbagliava. Mai svegliare il can che dorme.

Sei giorni e cinque notti in giro per una zona così piccola: li avrebbe incontrati di sicuro. L'iniziativa era riservata ai soci delle cooperative agricole. E non c'erano solo le conferenze. Avrebbero organizzato una cena di benvenuto e una per festeggiare la fine dei lavori. La gente del posto non aspettava altro, ci sarebbero stati anche loro. Se li sarebbe trovati di fronte a tavola e a un certo punto sarebbero venuti per il brindisi. Kido e Haruta, seduti davanti a lui. La gente di campagna regge bene l'alcol e quelle cene durano un'eternità. Avrebbero avuto tutto il tempo per ricordarsi di lui. Se solo non ci fossero quei due, pensò Asai. Se non fosse stato per Kido e Haruta non avrebbe avuto di che preoccuparsi. L'idea che loro lo stessero guardando non gli avrebbe neanche permesso di tenere serenamente le sue conferenze. Sarebbe stato preda di una tensione continua.

Era tutto così assurdo, tanta prudenza per poi finire dritto dritto nella rete. Era fuori di sé.

D'un tratto, però, si ricordò quello che gli aveva detto Yagishita.

A fine marzo la Kurozaki avrebbe offerto un viaggio nel Sud-est asiatico ai soci delle cooperative agricole del Kōshin'etsu. Avevano effettuato un'accurata selezione nelle varie zone.

Poteva anche darsi che Kido e Haruta fossero tra questi. Il viaggio cominciava a fine marzo, proprio nello stesso periodo del ciclo di conferenze. Dunque non era detto che si incontrassero.

Asai sentì che c'era un filo di speranza. Doveva procurarsi la lista degli invitati della Kurozaki. Sicuramente era stata già stilata, considerato che la partenza era prevista per fine marzo.

Adesso non vedeva l'ora che Yagishita, di ritorno dalle terme, passasse da Tokyo.

## XIX

Rientrato dallo Hokkaidō, Yagishita telefonò ad Asai in ufficio. Era stato quest'ultimo, giorni prima, a lasciare un messaggio alla succursale della sua ditta a Tokyo.

«Eccomi, sono appena arrivato» annunciò Yagishita con un colpo di tosse.

«Oh, bentornato. Com'è andata in Hokkaidō?» domandò Asai con tono amichevole.

«Si gelava. Mi sono preso un raffreddore... Mi avevi cercato?».

La voce di Yagishita era anche più rauca del solito.

«Sì, niente di particolare, mi chiedevo se stasera ti andrebbe di cenare con me, che ne dici?».

«Va bene. Posso portare anche un mio impiegato?».

«Meglio di no, preferirei che fossimo soli. In realtà avrei un piccolo favore da chiederti» si affrettò a rispondere.

«Ah sì? Ho capito».

Yagishita voleva offrire la cena, ma Asai insisté perché stavolta lasciasse fare a lui e gli indicò luogo e ora dell'appuntamento.

Si incontrarono alle sei del pomeriggio in un caffè di

Shinjuku. Yagishita aveva la tosse e si soffiava continuamente il naso.

« C'era ancora neve in Hokkaidō. A Noboribetsu le terme erano belle calde, ma una volta usciti dall'acqua si gelava ».

« Perché hai scelto proprio lo Hokkaidō, con questo freddo? ».

« Sai, in posti come Shirahama e Atami ci vanno tutti. Nonostante il freddo, ho pensato che portandolo lassù in Hokkaidō avrei fatto bella figura. E infatti il cliente era contento, diceva che non vedeva l'ora di immergersi nell'acqua calda in mezzo alla neve, ma faceva molto più freddo di quanto pensassimo. In compenso il *ryokan* era vuoto e il servizio è stato impeccabile ».

Diceva di aver scelto lo Hokkaidō perché Shirahama e Atami non sarebbero stati all'altezza del cliente, ma era chiaro che in realtà si era fatto i suoi calcoli: in Hokkaidō fuori stagione le tariffe erano molto più basse. Asai ricordava perfettamente le lagne di pochi giorni prima, quando gli aveva detto che con i suoi prosciutti e le sue salsicce non si sognava nemmeno di avvicinarsi al giro di affari della Kurozaki, che invece poteva permettersi di portare i clienti fin nel Sud-est asiatico.

Non potendo affrontare l'argomento che gli stava a cuore dopo avergli offerto soltanto un caffè, Asai invitò Yagishita in un ristorante lì vicino, specializzato nella cucina del Tōhoku. Si mangiava seduti su sgabelli, ma il bancone era ancora vuoto. Presero posto nel punto più appartato e ordinarono del sakè e una zuppa di pesce fermentato. Era il massimo che un pubblico funzionario potesse offrire a un imprenditore ma, raffreddato com'era, Yagishita parve apprezzare il brodo caldo.

Nonostante il sakè e le chiacchiere, Asai non riusciva ancora a portare il discorso dove gli interessava. Aveva ben chiaro in testa quello che voleva chiedergli, ma doveva cercare di farlo con naturalezza, non poteva permettersi di destare sospetti.

Passò quasi un'ora. Anche Yagishita adesso sembrava

curioso di sapere qualcosa in più del « piccolo favore » di cui gli aveva accennato al telefono. Asai non doveva indugiare troppo. Se fossero arrivati altri clienti non avrebbe più potuto parlargliene.

« Senti, Yagishita, se non sbaglio mi hai detto che conosci bene uno dei dirigenti della Kurozaki, vero? » domandò senza cambiare tono.

Yagishita annuì e posò il bicchiere sul bancone.

« Sì, lo conosco. È un amico. Il fratello minore della moglie del presidente, un tipo davvero in gamba ».

« Mi spiace chiedertelo, ma se fosse possibile avrei bisogno del suo aiuto ».

« Di che si tratta? ».

« Ecco, per la verità è una richiesta che ti faccio per conto di un'altra persona. Uno con cui ho rapporti professionali piuttosto importanti, a cui non posso dire di no. Sono sicuro che mi capisci... ».

Asai si espresse in modo allusivo, lasciando che fosse Yagishita a far lavorare l'immaginazione.

« Certo, capisco » rispose l'altro facendo un cenno con la testa. « Un veterano come te chissà a quante richieste deve far fronte ». Pensava che si trattasse di un superiore di Asai o di qualche influente industriale.

« Già... un veterano ma anche un pesce piccolo. Non sai quanto sia faticoso ».

« Ma no, non mi fraintendere, volevo dire un'autorità come te » lo interruppe Yagishita affrettandosi a correggere il tiro.

« In ogni caso non ha importanza. Resta il fatto che ho degli obblighi verso tanta gente ».

Per far capire che non se l'era presa, Asai versò un bicchiere di sakè a Yagishita.

« Immagino... Oh, grazie... Allora, cos'è che devo dire al buon vecchio Yada? Yada è il mio amico dirigente della Kurozaki ».

« Ah sì, dimenticavo... Vedi, non chiedermi perché, ma non posso dirti il nome della persona a cui serve questo favore. Comunque ecco di cosa si tratta. Dunque... Ti ricordi che mi hai parlato di quel viaggio nel Sud-est asiatico organizzato dalla Kurozaki per i suoi clienti? Avrei bisogno di sapere se hanno già selezionato i partecipanti... ».

« È previsto per fine marzo, certo che li avranno selezionati. Ci sono i biglietti da prenotare e tutto il resto ».

« Immaginavo ».

« E quindi...? ».

« Sì, appunto, questa persona vorrebbe sapere se nel gruppo di Nagano sono inclusi anche Kido Akiharu e Haruta Jirō » disse Asai tutto d'un fiato.

« Ma è una cosa da niente. Yada lo sa di sicuro, devo solo chiederglielo. Anzi, sai che faccio? Lo chiamo subito... ». Yagishita fece per alzarsi e lanciò un'occhiata all'orologio. « Ah, no, accidenti. A quest'ora sarà già tornato a casa ».

« Ma figurati, non c'è fretta ».

« Sicuro? Posso fartelo sapere anche domani? ».

« Certo... Però senti, ho un altro favore da chiederti. E temo che questo sia un po' più complicato ».

« Di che si tratta? ».

Asai bevve un sorso per farsi coraggio.

« Credimi, è una cosa che mi imbarazza, ma... se il tuo amico non dovesse trovare i due nominativi sulla lista, potrebbe fare in modo che l'azienda li aggiunga entrambi? ».

« Aggiungerli...? ».

Yagishita fece un colpo di tosse e lo guardò riluttante. Al che Asai si affrettò a precisare: « Naturalmente sarebbe la persona che me lo ha chiesto a pagare per loro. Non vuole causare alcun fastidio alla Kurozaki. Ma se potessero inserirli nell'elenco gli farebbero un gran favore ».

« Se è disposto a pagare credo che non ci saranno problemi. Ma chissà perché ci tiene tanto... Lui, intendo, quello che te l'ha chiesto ».

« Gli ho fatto la stessa domanda, dice di volerseli ingraziare e che un bel viaggetto è proprio ciò che fa al caso suo. Evidentemente dovrà loro un favore, non saprei. Pagargli un viaggio da soli gli costerebbe troppo, mentre in gruppo si spende la metà. Ecco come gli è venuta l'idea».

«Ma sì, giusto. Così spenderà anche meno della metà. Li infila in un gruppo e via».

Come tutti gli uomini del Kansai, Yagishita capiva il linguaggio dei soldi meglio di chiunque altro.

«Più che nel Sud-est asiatico, saranno sette giorni e sei notti a Hong Kong, Macao e Taiwan».

Asai questo lo sapeva già. Aveva telefonato al Consiglio nazionale delle cooperative agricole usando un nome falso. Partivano il 31 marzo da Haneda e rientravano il 6 aprile sempre a Haneda. Non sarebbero arrivati a Nagano prima del 7. Troppo tardi per essere presenti alle conferenze di Asai.

«Credo che le spese ammonteranno a centosettanta, forse centottantamila yen a persona. Per tutti e due ci vorranno trecentocinquantamila yen, trecentosessanta al massimo. Però, se alla Kurozaki accettano, poi questo signore dovrà pagare subito».

«Sì, ma aspetta un attimo. Non possiamo saperlo se non sentiamo prima Yada, no?».

«Ah, certo».

«Se Kido e Haruta sono già nell'elenco, il problema non c'è».

«Già».

Se così fosse sarebbe perfetto, pensò Asai. Trecentocinquanta o trecentosessantamila yen erano una bella somma. Naturalmente per mettersi in salvo avrebbe pagato più che volentieri, in fondo ne andava della sua vita. Arrivato a quel punto, era il solo modo che avesse per trarsi d'impaccio e non ci avrebbe pensato due volte ad andare in banca e prelevare quasi quattrocentomila yen dai propri risparmi. Era sull'orlo della disperazione. Ma se quei due fossero stati già inseriti nella lista se la sarebbe cavata senza tirar fuori un centesimo. In effetti l'idea di spendere una somma simile gli sembrava poco meno che una follia. Ma per quanto tortuoso fosse il suo piano, almeno gli garantiva che in quei giorni non li avrebbe avuti intorno.

«Però senti, Asai... C'è un'altra cosa... La Kurozaki ha messo insieme i soci più importanti del Kōshin'etsu, è stata una selezione severissima. Sono tutti pezzi da novanta, capisci?».

L'osservazione di Yagishita lo fece tornare con i piedi per terra. In macchina, quei due non gli avevano fatto una grande impressione. Soprattutto il più giovane, Haruta Jirō: perché mai avrebbero dovuto scegliere uno come lui? Faceva bene a prepararsi a pagare. Se almeno Kido Akiharu fosse stato nella lista se la sarebbe cavata con la metà.

Perché sono salito su quella dannata macchina? Se solo non l'avessi fatto, adesso non mi troverei impelagato in questa storia. E poi, perché mai quei due dovevano passare proprio di là, quella sera? Asai senza neanche accorgersene strinse così forte il bicchiere che quasi lo ruppe. Aveva i nervi a fior di pelle.

Yagishita disse che l'indomani sarebbe andato a parlare con Yada nel suo ufficio di Tokyo e che se Kido Akiharu e Haruta Jirō non erano nella lista l'avrebbe convinto a inserirli assicurandogli che qualcuno avrebbe provveduto alle spese.

«Però mi raccomando, non devi dire a nessuno che dietro ci sono io. Se in ufficio lo vengono a sapere qualcuno potrebbe farsi strane idee. Più se ne parla e peggio è per la persona che mi ha chiesto questo favore. Mi fido di te. È una seccatura, ma sono nelle tue mani».

Yagishita tossì e gli diede una rassicurante pacca sulla spalla.

«Ma sì. Lo so che hai tante grane, Asai. Io stesso ti ho chiesto un sacco di favori e chissà quanti ancora te ne chiederò. Non c'è problema. Non dico niente a nessuno. Lascia fare a me. Yada è un amico e mi sta quasi sempre a sentire».

Yagishita era piuttosto ubriaco, notò preoccupato Asai.

Il pomeriggio seguente gli telefonò.

«Ciao, Asai, si tratta della cosa che mi hai chiesto ieri. Ci sono andato ma, come immaginavamo, quei due nella lista non ci sono».

Parlava con voce nasale, segno che il raffreddore non era ancora passato.

«Me l'aspettavo...» rispose Asai con tono neutro, anche se fino all'ultimo aveva sperato in un colpo di fortuna e ora si sentiva come se una spada lo avesse trafitto.

In ogni caso, rivolgersi a Yagishita aveva dato i suoi frutti. Arrivato a questo punto, era preparato a spendere quattrocento, persino cinquecentomila yen. Non si sarebbe indebitato. Ce li aveva già. Era come se avesse risparmiato per anni in previsione di quel momento di difficoltà. Sentì un leggero tepore lungo la schiena. Yagishita non vedeva l'ora di entrare nei dettagli della sua contrattazione con Yada.

«Ci sei? Cerco di sintetizzare più che posso» disse, immaginando che Asai non fosse solo. «Yada ha accettato».

Asai non rispose. Il capo di sezione non era nei paraggi, ma non fu il timore che colleghi e dipendenti seduti alle scrivanie vicine lo sentissero a farlo tacere, bensì un senso di grande sollievo.

«All'inizio ha detto che era già tutto deciso, ma io mi sono inventato una scusa e sono anche riuscito a non fare il tuo nome. Insomma, visto che gliel'ho chiesto io farà un'eccezione e li aggiungerà all'elenco».

«Te ne sono grato».

«Yada ha controllato i nominativi dei soci di Nagano. Pare che Kido e Haruta appartengano alla cooperativa di Fujimi. È corretto?».

«Sì, confermo».

Asai sentì il sudore imperlargli la fronte. La testa gli pulsava all'altezza della nuca.

«D'accordo, lascia fare a me, allora. Per il momento ho anticipato io la somma necessaria. Sono circa centottantamila yen a persona. Fanno trecentosessantamila in totale, che ho già consegnato a Yada. A proposito, non preoccuparti per i soldi, puoi restituirmeli quando vuoi. Tanto passerò di nuovo da Tokyo».

«Ma no, scusa...».

«Davvero, è solo una seccatura in più, facciamo come ti dico. Ne riparliamo alla prossima occasione. C'era altro che volevi sapere?».

«No, non mi pare...».

«Ripeto, a scanso di equivoci: non ti ho nominato neanche una volta. Puoi stare tranquillo. Gli interessati, come tutti, pensano che sia stata la Kurozaki a inserirli nell'elenco degli invitati».

Asai restò in silenzio.

«E con questo è tutto. A presto».

Ora la voce nasale di Yagishita suonava stranamente gradevole all'orecchio di Asai.

Dopo tanto tempo, Asai trascorse una serata tranquilla. Aveva scampato il pericolo. Adesso poteva anche andare a Nagano per quelle conferenze. E una volta fatto il suo dovere, magari non ci sarebbe tornato più. In ogni caso, chissà quanto tempo sarebbe passato. Un eventuale rifiuto, in futuro, non avrebbe più destato alcun sospetto.

Quanto ai trecentosessantamila yen anticipati da Yagishita, aveva intenzione di restituirglieli fino all'ultimo centesimo in occasione della sua prossima visita. Conoscendolo, poteva anche darsi che gli dicesse che non li voleva. Per quelli come lui ogni favore era un investimento. Adesso gli sembrava che trecentosessantamila yen fossero una somma enorme, ma in ogni caso andavano restituiti. Le questioni di soldi vanno risolte il prima possibile, altrimenti portano solo guai.

Si addormentò, per risvegliarsi però di colpo nel cuore della notte. Ormai era abituato a dormire da solo, non era quello a turbarlo. Ma, probabilmente perché era così teso, da qualche tempo gli capitava di avere degli attacchi di panico durante il sonno, e spesso si svegliava di soprassalto.

La gente del paese non si insospettirà sapendo che due come Kido Akiharu e Haruta Jirō parteciperanno a quel viaggio? Che cosa penseranno di quell'integrazione dell'ultimo minuto in un gruppo selezionato con tanta cura? A furia di farsi domande, qualcuno si ricorderà dello sconosciuto a cui hanno dato un passaggio sulla provinciale la sera dell'omicidio.

Asai si sentì in trappola. In paese ne avrebbero parlato e non si poteva escludere che questo avrebbe portato a un'indagine della polizia. Anzi, era più che probabile.

Credeva di aver avuto una buona idea, invece forse era stata una mossa azzardata. Aveva pensato solo a toglierseli di torno per la durata delle conferenze, ma non aveva calcolato le possibili reazioni dei loro compaesani. Sentendo una stretta allo stomaco, Asai si mise seduto sul *futon.*

Domattina telefono a Yagishita e gli dico di lasciar perdere, pensò. Se mi sbrigo sono ancora in tempo, è escluso che abbiano già proceduto a inserirli.

Ma subito dopo si rese conto che sarebbe stato ancora più rischioso. Prima glielo chiedo, poi mi rimangio tutto: che penseranno Yagishita e quelli della Kurozaki? Finora non ho dato alcuna spiegazione, ma se torno sui miei passi cominceranno a farsi domande.

Asai non riusciva a stare fermo. Gli sembrava di impazzire.

# XX

Si era preoccupato senza motivo, aveva fatto di un sassolino una montagna. Di questo Asai si sarebbe ben presto reso conto.

Kido e Haruta furono aggiunti al gruppo in partenza per il Sud-est asiatico il 31 marzo dall'aeroporto di Haneda. Fu Yagishita a comunicarglielo per lettera dopo essere rientrato a Kōbe: «Yada si è premurato di non far capire a nessuno che i due sono stati aggiunti all'elenco: sia la gente del paese che i diretti interessati sono convinti di essere stati selezionati sin dall'inizio, e questo ha reso tutto più semplice».

Asai si tranquillizzò. Se le cose stavano così, nessuno avrebbe pensato che Kido e Haruta fossero oggetto di un trattamento «speciale». Era questa eventualità a preoccuparlo, temeva che qualcuno potesse insospettirsi, risalire all'omicidio dello Yatsugatake e allo sconosciuto preso a bordo sulla provinciale. Ma se tutti erano convinti che quei due non fossero stati aggiunti in un secondo momento, allora nessuno ci avrebbe fatto caso né tantomeno si sarebbe insospettito.

Aveva fatto bene a non prendere altre iniziative. Tornare sui suoi passi avrebbe sorpreso sia Yagishita che la

Kurozaki, che si sarebbero interrogati sulle sue reali intenzioni. Le sue paure rischiavano di cacciarlo in guai peggiori.

Si rese conto di avere i nervi a pezzi. Si immaginava un pericolo dopo l'altro. Dopo aver ricevuto la lettera di Yagishita, per quattro o cinque giorni non riuscì a dormire. Quando era lì lì per prendere sonno ecco arrivare la tachicardia, e allora cominciava a girarsi e rigirarsi sul *futon*. Poi si metteva seduto, ma il cuore gli batteva all'impazzata e il buio ingigantiva la sua angoscia. Si immaginava scenari catastrofici e qualche volta aveva voglia di mettersi a gridare. Erano tutte avvisaglie di un crollo nervoso.

Ora che non era più in pericolo, doveva prendersi cura di sé. Anche se non aveva più motivo di preoccuparsi, gli strascichi dell'esaurimento non sarebbero svaniti tanto presto. Si nascondevano negli anfratti del suo cervello. Non era escluso che potessero manifestarsi con un gesto avventato e irrazionale. E questo poteva diventare un grosso problema. Doveva fare attenzione, serviva la massima prudenza. Meglio prendersela comoda, rilassarsi.

Il 1° aprile Asai partì per Nagano e nel giro di cinque giorni visitò tutta la zona meridionale della prefettura. Le conferenze furono un successo.

I responsabili delle sue apprensioni si trovavano da qualche parte tra Hong Kong, Macao e Taiwan. Non rischiava di incontrare nessuno. Parlò come ci si aspetta da un conferenziere, si comportò normalmente. Si sentiva più leggero, sollevato. I nervi cominciavano a distendersi.

Dopo la visita alle cooperative agricole di Chino si spostò a Fujimi. Lo Yatsugatake era vicinissimo. Questa volta, in pieno giorno, poteva vedere distintamente le creste montuose e ogni singolo rilievo. Era l'inizio della primavera, ma da quelle parti l'inverno resisteva ancora. Le cime erano coperte di neve, le pendici della montagna una distesa bruna. Ciò che di notte gli era parso un'enorme barriera scura adesso era solo un paesaggio desolato.

Dov'era che aveva lasciato il cadavere di Kubo? Vide un bosco in lontananza, giusto al margine di una valle. Doveva esserci un fiumiciattolo da qualche parte. Questo l'aveva letto sui giornali, del bosco invece si ricordava. Forse si sbagliava, ma corrispondeva al ricordo che aveva di quella massa nera.

Asai guardava fuori dalla finestra della sede della cooperativa. Non era impaurito. L'altro ormai era morto. Il volto nero di sangue e tre pietre accanto alla testa. Rivide il biancore di quelle pietre nel buio, mentre il volto era quasi invisibile.

*Dico a te, fantasma di Kubo Kōnosuke, vieni fuori, ti aspetto!* gridò Asai dentro di sé, lo sguardo fisso verso quel punto del paesaggio. Non temeva i fantasmi. La sua non era la finta spavalderia di un cattivo marito che osserva il luogo in cui la moglie si è tolta la vita per scacciare la paura del suo spirito. I morti non fanno paura. E poi lui non aveva avuto intenzione di ucciderlo. Aveva solo agito d'impulso. Era Kubo che aveva esasperato la situazione, era responsabile quanto lui di quello che era successo. Perché mai doveva avere paura?

Asai si rese conto che stava guardando quelle montagne da troppo tempo. Smettila, si disse, o gli altri si insospettiranno. Non pensare alle montagne, comportati normalmente, non mostrarti inquieto. Smettila subito di guardare quelle montagne!

Questo comportamento irrazionale, queste ossessioni, erano un segnale che l'esaurimento non gli era ancora passato. *Prudenza, prudenza.* Doveva evitare di dire frasi insensate, doveva stare calmo, agire con naturalezza. Non c'era niente di cui preoccuparsi, non doveva perdere la testa.

Nei cinque giorni trascorsi a Nagano, nessuno nominò mai il Sud-est asiatico. Evidentemente i viaggi non erano poi una rarità tra i soci delle cooperative. Anche se purtroppo i gruppi delle cosiddette « cooperative giapponesi » che si vedevano all'estero non avevano affatto una buona reputazione. Ma a parte questo, i viaggi organizzati erano ormai all'ordine del giorno, quindi un giro tra Hong Kong e Taiwan non aveva proprio niente di speciale.

Asai non aveva motivo di stare in agitazione. Se Kido Akiharu e Haruta Jirō erano stati aggiunti al gruppo o meno non importava a nessuno. Di quel viaggio non si fece mai parola, né di chi vi partecipava.

Così, dopo un piacevole giro di conferenze, Asai tornò a Tokyo il 6 aprile.

« Ottimo lavoro, bentornato » gli disse il capo di sezione. « Sono rimasti tutti soddisfatti, bravo. Me lo ha detto prima al telefono il capo del Consiglio centrale delle cooperative di Nagano. Grazie ».

Aveva fatto il proprio dovere. Se lo avessero invitato ancora lì, avrebbe potuto rifiutare a cuor leggero. Nessuno più si sarebbe insospettito. Per almeno dieci anni, con Nagano aveva chiuso.

Il gruppo della Kurozaki sarebbe atterrato a Haneda la sera stessa e avrebbe proseguito per Nagano la mattina dopo. Un incastro perfetto. Tutto secondo i piani.

Non aveva commesso errori. Tre giorni dopo, Yagishita venne a Tokyo e, seduto di fronte a lui al tavolino del solito caffè, gli disse: « Asai, volevo dirti che il gruppo della Kurozaki è rientrato sano e salvo a Nagano il 7 aprile ».

« Grazie infinite per l'aiuto ».

Lo stava ringraziando ancora una volta per aver fatto aggiungere Kido e Haruta alla lista, ma si guardò bene dal pronunciare quei nomi.

« Yada mi ha accontentato di buon grado e tutto è andato come previsto. Come ti ho già scritto, è anche riuscito a non farla passare per un'aggiunta dell'ultimo momento, quindi non se ne è accorto nessuno ».

« Grazie davvero » ripeté Asai chinando il capo.

« Ufficialmente si è trattato di una sostituzione. Anche agli interessati è stata presentata così ».

« Una sostituzione? ».

«Può capitare, anche quando un elenco è definitivo. Gli altri invitati però non lo sanno».

Ecco perché a Fujimi non se ne parlava. Ovunque andasse, nessuno nominava mai Kido e Haruta. Era chiaro che non prestavano loro la minima attenzione.

«Sono contento di essermi potuto rendere utile. Anche la persona che mi ha chiesto il favore era soddisfatta». Asai doveva continuare a fare la parte dell'intermediario. «A proposito, ho con me le quote di Kido e Haruta. Quanto ti devo in tutto?».

«Ma no, lascia perdere» disse Yagishita facendo un gesto con la mano, come a dire che la questione non aveva importanza.

«Devo restituirti quanto hai anticipato».

«Ma sì, c'è tempo».

«Insisto. Devo pagarti... O meglio, chi mi ha chiesto il favore mi ha consegnato il denaro per pagare...».

Asai ebbe l'impressione che Yagishita volesse coprire lui stesso le due quote. Da come parlava, si sarebbe detto che era così. Era un commerciante, disposto a rimetterci adesso per ottenere favori ben più importanti a tempo debito.

Si trattava di trecentosessantamila yen. Ad Asai non sarebbe affatto dispiaciuto se avesse voluto farsene carico Yagishita. Quando si sentiva braccato sarebbe stato pronto a tirar fuori anche cinquecentomila yen, anche un milione se necessario, ma adesso che il pericolo era passato gli sembrava da stupidi spendere una cifra del genere per due perfetti sconosciuti. In passato si era rimproverato di aver pensato una cosa simile, ma in quei giorni era al colmo dell'inquietudine. Adesso invece non rischiava più nulla. Ormai era solo uno spreco di denaro.

«Ah, sì?» disse Yagishita inclinando la testa. «Allora senti, se insisti tanto fa' una cosa: dammi metà della somma».

«Metà?».

«Una sola quota. Centosettantottomila yen».

Non si stava offrendo di pagare l'intera somma. Un

vero commerciante, questo Yagishita. Ma in effetti era stato lui a insistere per pagare. Forse aveva esagerato, in ogni caso non poteva più tirarsi indietro. Senza dimenticare che, per quanto ne sapeva Yagishita, quelli non erano soldi suoi, ma li aveva ricevuti da un altro.

« Sei proprio sicuro? ».

Asai tirò fuori la busta dalla tasca della giacca e, senza farsi notare, fece scorrere tra indice e pollice gli angoli delle banconote da diecimila yen per contarle.

« Ma certo. Se fossero stati soldi tuoi non li avrei mai accettati, ma dal momento che non è così, una metà posso anche prendermela » rispose Yagishita con un sorrisetto che sembrava autorizzarlo a tenersi l'altra metà e a farci quello che voleva.

Asai consegnò diciassette banconote da diecimila yen a Yagishita ma non aveva pezzi da cinquemila e neanche quelli da mille erano sufficienti. Aggiunse quindi altri diecimila, ma l'altro glieli restituì dicendo: « No, no... non ho resto da darti. Va bene così. Bastano centosettantamila ».

« Ma no, scusa, così... ».

« Siamo a posto, ti dico. Che vuoi che siano diecimila yen? ».

Kido Akiharu e Haruta Jirō furono felici di poter prendere parte al viaggio nel Sud-est asiatico organizzato dalla Kurozaki, anche se ci erano riusciti soltanto come sostituti. Kido, lungi dall'occupare un posto di rilievo nella cooperativa, era un semplice consigliere. Haruta addirittura non era che un addetto alle vendite con pochissima esperienza. Per due come loro, viaggiare insieme a persone così in vista era un grande onore, poco importava come c'erano riusciti. Il divario tra loro e gli altri partecipanti li aveva un po' disorientati, ma non al punto da immaginarsi un qualche disegno criminale. Si sentivano semplicemente in dovere di ringraziare chi aveva riservato loro quel trattamento « particolare », e quindi volevano saperne di più.

Ne discussero tra loro e, tornati a Nagano, scrissero una lettera alla Kurozaki per chiedere spiegazioni. La indirizzarono all'ufficio più importante, dove lavoravano i dirigenti che li avevano raggiunti a Haneda per salutarli. La lettera fu quindi inoltrata alla direzione generale.

Yada si sentì in dovere di metterli a conoscenza del fatto che tutto si doveva alla generosità di Yagishita, presidente dell'omonima azienda di insaccati di Kōbe, e che la loro partecipazione non era costata nulla alla Kurozaki. Era imbarazzato per quella manifestazione di gratitudine, considerando che non aveva fatto niente per loro.

Kido e Haruta erano persone perbene, molto rispettose e, come dovuto, si recarono a Kōbe per ringraziare personalmente il presidente Yagishita. Gli portarono anche un souvenir di Hong Kong. Tuttavia non riuscivano ancora a spiegarsi perché mai quella persona importante, che nemmeno conoscevano, si fosse presa tanto disturbo per consentire loro di partecipare a quel viaggio.

Quando se li trovò davanti che si profondevano in mille inchini, Yagishita si sentì in difficoltà. Non aveva neanche pagato l'intera somma, ma solo la metà. A conti fatti, aveva tirato fuori una quota soltanto, mentre Asai ci aveva messo il resto. Non gli sembrava giusto incassare la gratitudine di entrambi.

Fu così che venne meno alla promessa che aveva fatto ad Asai, e disse ai due: « Mi dispiace che sia stato fatto il mio nome. Io sono intervenuto soltanto perché mi è stato chiesto », rivelando loro l'identità del vicecapo di sezione del ministero dell'Agricoltura: Asai Tsuneo. Non era stato ai patti, ma non lo si poteva biasimare. A Yagishita non sembrava corretto prendersi tutto il merito di un gesto per cui quei due provavano così tanta gratitudine.

« Ma non è necessario che andiate a ringraziarlo. Il signor Asai ha agito a sua volta per conto di altri e non vuole assolutamente che si faccia il suo nome. Gli trasmetterò io i vostri ringraziamenti ».

Kido e Haruta, tuttavia, avevano un forte senso del dovere e, tanto più sapendo che il loro benefattore era un vicecapo di sezione del ministero dell'Agricoltura, una volta preso il treno per tornare a Nagano non scesero a Nagoya, ma proseguirono fino a Tokyo.

Arrivarono a Kasumigaseki, si recarono al ministero, mostrarono i biglietti da visita all'accettazione e chiesero di parlare con il signor Asai. Erano le tre del pomeriggio. Dopo qualche minuto di attesa, fu detto loro che Asai era occupatissimo e non poteva riceverli.

Quei due, però, erano molto tenaci. Pensarono che fosse scortese andarsene limitandosi a lasciare un messaggio di ringraziamento. Perciò rimasero ad aspettare l'orario di uscita. La gente di campagna è molto paziente. Asai non immaginava affatto una cosa del genere ed era convinto che fossero andati via. Tant'è vero che non ebbe neanche la cautela di filarsela dalla porta sul retro e, quaranta minuti dopo le cinque, uscì insieme a tutti gli altri dalla porta principale.

A quel punto, impietosita dalla lunga attesa di Kido e Haruta, la signorina dell'accettazione indicò loro Asai in mezzo alla folla degli impiegati. Tentarono di avvicinarsi ma c'erano troppe persone, e mentre si facevano largo tra la calca lui raggiunse l'uscita. Lo seguirono.

« Signor Asai! Signor Asai! ».

Fu Kido a chiamarlo per primo. Asai si voltò di scatto.

Kido avanzò di qualche passo verso di lui. Asai adesso era immobile, come pietrificato. Si avvicinò anche Haruta. Fecero entrambi un inchino.

« Lei è il vicecapo di sezione Asai, vero? Io sono Kido Akiharu di Fujimi, della prefettura di Nagano, e questo è Haruta Jirō. Ci siamo presentati all'accettazione ma lei era occupato, quindi l'abbiamo aspettata. Ci tenevamo molto a incontrarla perché... ».

Ma prima ancora che Kido finisse la frase accadde l'imprevedibile. Asai lanciò un grido, come se fosse stato aggredito, e cominciò a correre così forte, facendosi largo come un pazzo tra la folla sul marciapiede, che per poco non perdeva la valigetta.

I due restarono a guardarlo increduli. Che diavolo stava succedendo? Che storia era mai quella? Non riuscivano a capire, si dissero che forse Asai aveva frainteso le loro intenzioni. Decisero quindi di rincorrerlo.

« Signor Asai! Signor Asai! Aspetti! » gli gridò Kido correndo.

Ma, anziché fermarsi, Asai quando lo sentì accelerò. A quell'ora gli impiegati uscivano dagli uffici riversandosi in strada e qualcuno si voltava a guardarlo. Era metà aprile, quasi le sei del pomeriggio, e cominciava a fare buio. Le luci abbaglianti dei fari delle auto illuminavano in pieno la figura di Asai che correva sul marciapiede, la schiena curvata in avanti.

I due rinunciarono a seguirlo e rimasero a guardare quella corsa forsennata. E improvvisamente ebbero come un lampo. Non somigliava, quella figura illuminata dai fari delle auto, all'uomo che correva lungo la provinciale dello Yatsugatake? Sì, la sera in cui rientravano dalla riunione sui tagli alla produzione del riso. Era identica, la stessa andatura curva in avanti. Ne erano certi.

In treno, di ritorno verso Fujimi, Kido e Haruta continuarono tutto il tempo a parlarne, increduli.

La storia arrivò alla polizia, che immediatamente si mise all'opera. Inviarono degli investigatori a Tokyo per verificare se Asai avesse un alibi per la sera dell'ultimo sabato di ottobre, il 25, quando era avvenuto l'omicidio. Era vero che l'impronta sul flacone era inutilizzabile e che prove concrete non ce n'erano, tuttavia un alibi sospetto porta sempre a qualcosa. La polizia lo sapeva per esperienza.

# GLOSSARIO

*dan* nelle discipline tradizionali, il livello di abilità del praticante.

*fusuma* pannelli scorrevoli formati da fogli di carta di riso su una struttura in legno. Montati su apposite guide, fungono da pareti divisorie tra una stanza e l'altra della casa tradizionale.

*futon* letto tradizionale, composto da un sottile materasso che poggia direttamente sul pavimento, generalmente *tatami* (>), e una trapunta. Al mattino viene ripiegato e riposto in un armadio, lasciando libera la stanza.

*go* gioco di strategia che si svolge su una sorta di scacchiera (*goban*) con caselle distribuite in diciannove linee orizzontali e diciannove verticali e pedine bianche e nere, dette «pietre». Con ogni mossa, ciascun giocatore deve cercare di circondare le pedine dell'avversario, «conquistando» il maggiore spazio possibile sulla scacchiera.

*haiku* composizione poetica di diciassette sillabe sullo schema 5-7-5. Vide la massima fioritura nel periodo Tokugawa (1600-1868) e a Matsuo Bashō (1644-1694), Yosa Buson (1716-1784) e Kobayashi Issa (1763-1828) si devono i contributi più significativi. Nel corso del XX secolo l'influenza dello *haiku* si è estesa anche all'estero, per esempio tra gli autori della Beat Generation.

*kouta* canzoni popolari generalmente accompagnate dallo *shamisen* (>).

*mahjong* gioco da tavolo per quattro giocatori le cui origini si fanno risalire alla Cina della seconda metà dell'Ottocento. Scopo del gioco è creare il maggior numero di combinazioni possibile con le tessere distribuite a ciascun giocatore.

*nihonga* letteralmente «pittura giapponese». Termine, coniato in periodo moderno, che indica uno stile di pittura ispirato alle convenzioni artistiche antiche e a valori estetici particolarmente apprezzati all'estero, come il rispetto per la tradizione artigianale e l'amore per la natura. I soggetti tendenzialmente sono contemporanei, mentre materiali e tecniche si rifanno apertamente alla tradizione antica.

*ochazuke* piatto semplice e leggero, che consiste in una zuppa a base di tè, riso e talvolta alghe e pezzetti di pesce.

*oden* piatto composto da una zuppa con vari ingredienti, come uova, radici, alghe o verdure. Molto caldo, si consuma prevalentemente in inverno.

*ryokan* locanda in stile tradizionale, in molti casi a conduzione familiare, con stanze con *tatami* (>) e *futon* (>).

*shamisen* strumento musicale a tre corde la cui cassa è rivestita di pelle di gatto e che si suona con un plettro di avorio. Introdotto in Giappone dalla Cina nel XVI secolo, è spesso associato alle *geisha* e percepito come uno dei simboli della cultura di Edo e dell'epoca Tokugawa (1600-1868).

*Shinkansen* treno ad alta velocità che collega le maggiori città dell'arcipelago.

*shōgi* definito talvolta come il gioco degli scacchi giapponesi, si svolge su una scacchiera di ottantuno caselle sulla quale i giocatori devono muovere le pedine – venti per ciascuno, con ruoli e caratteristiche differenti – al fine di conquistare per primi il «territorio» dell'avversario.

*tatami* stuoie di paglia dalle dimensioni standard di 90 × 180 cm che ricoprono i pavimenti della casa tradizionale. Costituisce anche l'unità di misura per le stanze.

*tokonoma* rientranza della parete, nella casa tradizionale, in cui si dispongono degli oggetti, quasi sempre esemplari di calligrafia, fiori e dipinti, che variano a seconda delle stagioni.

*tsubo* unità di misura equivalente a 3,3 mq.

# GLI ADELPHI

ULTIMI VOLUMI PUBBLICATI:

450. Olivier Philipponnat-Patrick Lienhardt, *La vita di Irène Némirovsky*
451. Curzio Malaparte, *Kaputt*
452. Vasilij Grossman, *Il bene sia con voi!*
453. Álvaro Mutis, *La casa di Araucaíma*
454. Georges Simenon, *Minacce di morte e altri racconti*
455. Rudolf Borchardt, *L'amante indegno*
456. Emmanuel Carrère, *Limonov*
457. Frederic Prokosch, *Gli asiatici*
458. J. Rodolfo Wilcock, *La sinagoga degli iconoclasti*
459. Alexander Lernet-Holenia, *Lo stendardo*
460. Sam Kean, *Il cucchiaino scomparso*
461. Jean Echenoz, *Correre*
462. Nancy Mitford, *L'amore in un clima freddo*
463. Milan Kundera, *La festa dell'insignificanza*
464. Pietro Citati, *Vita breve di Katherine Mansfield*
465. Carlo Emilio Gadda, *L'Adalgisa*
466. Georges Simenon, *La pipa di Maigret e altri racconti*
467. Fleur Jaeggy, *Proleterka*
468. Prosper Mérimée, *I falsi Demetrii*
469. Georges Simenon, *Hôtel del Ritorno alla Natura*
470. I.J. Singer, *La famiglia Karnowski*
471. Georges Simenon, *Gli intrusi*
472. Andrea Alciato, *Il libro degli Emblemi*
473. Jorge Luis Borges, *Finzioni*
474. Elias Canetti, *Massa e potere*
475. William Carlos Williams, *Nelle vene dell'America*
476. Georges Simenon, *Un Natale di Maigret e altri racconti*
477. Georges Simenon, *Tre camere a Manhattan*
478. Carlo Emilio Gadda, *Accoppiamenti giudiziosi*
479. Joseph Conrad, *Il caso*
480. W. Somerset Maugham, *Storie ciniche*
481. Alan Bennett, *Due storie sporche*
482. Alberto Arbasino, *Ritratti italiani*
483. Azar Nafisi, *Le cose che non ho detto*
484. Jules Renard, *Lo scroccone*
485. Georges Simenon, *Tre inchieste dell'ispettore G. 7*
486. Pietro Citati, *L'armonia del mondo*
487. Neil MacGregor, *La storia del mondo in 100 oggetti*

488. Curzio Malaparte, *La pelle*
489. John Aubrey, *Vite brevi di uomini eminenti*
490. John Ruskin, *Gli elementi del disegno*
491. Aleksandr Zinov'ev, *Cime abissali*
492. Sant'Ignazio, *Il racconto del Pellegrino*
493. I.J. Singer, *Yoshe Kalb*
494. Irène Némirovsky, *I falò dell'autunno*
495. Oliver Sacks, *L'occhio della mente*
496. Walter Otto, *Gli dèi della Grecia*
497. Iosif Brodskij, *Fuga da Bisanzio*
498. Georges Simenon, *L'uomo nudo e altri racconti*
499. Anna Maria Ortese, *L'Iguana*
500. Roberto Calasso, *L'ardore*
501. Giorgio Manganelli, *Centuria*
502. Emmanuel Carrère, *Il Regno*
503. Shirley Jackson, *L'incubo di Hill House*
504. Georges Simenon, *Il piccolo libraio di Archangelsk*
505. Amos Tutuola, *La mia vita nel bosco degli spiriti*
506. Jorge Luis Borges, *L'artefice*
507. W. Somerset Maugham, *Lo scheletro nell'armadio*
508. Roberto Bolaño, *I detective selvaggi*
509. Georges Simenon, *Lo strangolatore di Moret e altri racconti*
510. Pietro Citati, *La morte della farfalla*
511. Sybille Bedford, *Il retaggio*
512. *I detti di Confucio*, a cura di Simon Leys
513. Sergio Solmi, *Meditazioni sullo Scorpione*
514. Giampaolo Rugarli, *La troga*
515. Alberto Savinio, *Nuova enciclopedia*
516. Russell Hoban, *La ricerca del leone*
517. J. Rodolfo Wilcock, *Lo stereoscopio dei solitari*
518. Georges Simenon, *La fioraia di Deauville e altri racconti*
519. Abhinavagupta, *Luce dei Tantra*
520. Yasmina Reza, *Felici i felici*
521. Roberto Calasso, *L'impuro folle*
522. James Stephens, *La pentola dell'oro*
523. W. Somerset Maugham, *Una donna di mondo e altri racconti*
524. Anna Maria Ortese, *Alonso e i visionari*
525. Theodore F. Powys, *Gli dèi di Mr. Tasker*
526. Groucho Marx, *Groucho e io*
527. David Quammen, *Spillover*
528. Georges Simenon, *Il Club delle Vecchie Signore e altri racconti*
529. Mervyn Peake, *Gormenghast*

530. Ferenc Karinthy, *Epepe*
531. Georges Simenon, *Cargo*
532. Patrick Leigh Fermor, *Tempo di regali*
533. Vladimir Nabokov, *Ada o ardore*
534. Knut Hamsun, *Pan*
535. Irène Némirovsky, *La preda*
536. Neil MacGregor, *Il mondo inquieto di Shakespeare*
537. Christopher Isherwood, *Addio a Berlino*
538. George G. Byron, *Un vaso d'alabastro illuminato dall'interno*
539. Martin Heidegger, *Nietzsche*
540. Heinrich Zimmer, *Miti e simboli dell'India*
541. Georges Simenon, *Il fiuto del dottor Jean e altri racconti*
542. Pietro Citati, *La mente colorata*
543. Georges Simenon, *In caso di disgrazia*
544. Anna Maria Ortese, *Il porto di Toledo*
545. Joseph Roth, *Il mercante di coralli*
546. Jorge Luis Borges, *Il libro di sabbia*
547. Nancy Mitford, *Non dirlo ad Alfred*
548. Giovanni Mariotti, *Storia di Matilde*
549. Irène Némirovsky, *Il signore delle anime*
550. Luciano, *Una storia vera*
551. Georges Simenon, *Il morto piovuto dal cielo e altri racconti*
552. Roberto Calasso, *Il rosa Tiepolo*
553. Shirley Jackson, *Lizzie*
554. Georges Simenon, *La vedova Couderc*
555. Christopher Isherwood, *Un uomo solo*
556. Daniel Defoe, *La vita e le avventure di Robinson Crusoe*
557. Marcel Granet, *Il pensiero cinese*
558. Oliver Sacks, *Emicrania*
559. Georges Simenon, *La Marie del porto*
560. Roberto Bazlen, *Scritti*
561. Lawrence Wright, *Le altissime torri*
562. Gaio Valerio Catullo, *Le poesie*
563. Sylvia Townsend Warner, *Lolly Willowes*
564. Gerald Durrell, *Il picnic e altri guai*
565. William Faulkner, *Santuario*
566. Georges Simenon, *Il castello dell'arsenico e altri racconti*
567. Michael Pollan, *In difesa del cibo*
568. Han Kang, *La vegetariana*
569. Thomas Bernhard, *Antichi Maestri*
570. Fernando Pessoa, *Una sola moltitudine, I*
571. James Hillman, *Re-visione della psicologia*

572. Edgar Allan Poe, *Marginalia*
573. Meyer Levin, *Compulsion*
574. Roberto Calasso, *Il Cacciatore Celeste*
575. Georges Simenon, *La cattiva stella*
576. I.B. Singer, *Keyla la Rossa*
577. E.M. Cioran, *La tentazione di esistere*
578. Carlo Emilio Gadda, *La cognizione del dolore*
579. Louis Ginzberg, *Le leggende degli ebrei*
580. Leonardo Sciascia, *La strega e il capitano*
581. Hugo von Hofmannsthal, *Andrea o I ricongiunti*
582. Roberto Bolaño, *Puttane assassine*
583. Jorge Luis Borges, *Storia universale dell'infamia*
584. Georges Simenon, *Il testamento Donadieu*
585. V.S. Naipaul, *Una casa per Mr Biswas*
586. Friedrich Dürrenmatt, *Il giudice e il suo boia*
587. Franz Kafka, *Il processo*
588. Rainer Maria Rilke, *I quaderni di Malte Laurids Brigge*
589. Michele Ciliberto, *Il sapiente furore*
590. David Quammen, *Alla ricerca del predatore alfa*
591. William Dalrymple, *Nove vite*
592. Georges Simenon, *La linea del deserto e altri racconti*
593. Thomas Bernhard, *Estinzione*
594. Emanuele Severino, *Legge e caso*
595. Georges Simenon, *Il treno*
596. Georges Simenon, *Il viaggiatore del giorno dei Morti*
597. Georges Simenon, *La morte di Belle*
598. Georges Simenon, *Annette e la signora bionda*
599. Oliver Sacks, *Allucinazioni*
600. René Girard, *Il capro espiatorio*
601. Peter Cameron, *Coral Glynn*
602. Jamaica Kincaid, *Autobiografia di mia madre*
603. Bert Hölldobler - Edward O. Wilson, *Formiche*
604. Roberto Calasso, *L'innominabile attuale*
605. Vladimir Nabokov, *Parla, ricordo*
606. Jorge Luis Borges, *Storia dell'eternità*
607. Vasilij Grossman, *Uno scrittore in guerra*
608. Richard P. Feynman, *Il piacere di scoprire*
609. Michael Pollan, *Cotto*
610. Matsumoto Seichō, *Tokyo Express*
611. Shirley Jackson, *Abbiamo sempre vissuto nel castello*
612. Vladimir Nabokov, *Intransigenze*
613. Paolo Zellini, *Breve storia dell'infinito*

614. David Szalay, *Tutto quello che è un uomo*
615. Wassily Kandinsky, *Punto, linea, superficie*
616. Thomas Bernhard, *Il nipote di Wittgenstein*
617. Lev Tolstoj, *La morte di Ivan Il'ič, Tre morti e altri racconti*
618. Emmanuel Carrère, *La settimana bianca*
619. *A pranzo con Orson. Conversazioni tra Henry Jaglom e Orson Welles*
620. Mark O'Connell, *Essere una macchina*
621. Oliver Sacks, *In movimento*
622. Fleur Jaeggy, *Sono il fratello di XX*
623. Georges Simenon, *Lo scialle di Marie Dudon*
624. Eugène N. Marais, *L'anima della formica bianca*
625. Ludwig Wittgenstein, *Pensieri diversi*
626. Georges Simenon, *Il fidanzamento del signor Hire*
627. Robert Walser, *I fratelli Tanner*
628. Vladimir Nabokov, *La difesa di Lužin*
629. Friedrich Dürrenmatt, *Giustizia*
630. Elias Canetti, *Appunti 1942-1993*
631. Christina Stead, *L'uomo che amava i bambini*
632. Fabio Bacà, *Benevolenza cosmica*
633. Benedetta Craveri, *Gli ultimi libertini*
634. Kenneth Anger, *Hollywood Babilonia*
635. Matsumoto Seichō, *La ragazza del Kyūshū*
636. Georges Simenon, *Il capanno di Flipke*
637. Vladimir Nabokov, *Lezioni di letteratura*
638. Igino, *Miti*
639. Anna Politkovskaja, *La Russia di Putin*
640. I.J. Singer, *La pecora nera*
641. Inoue Yasushi, *Ricordi di mia madre*
642. Rebecca Skloot, *La vita immortale di Henrietta Lacks*
643. Oliver Sacks, *Vedere voci*
644. Leonora Carrington, *Il cornetto acustico*
645. Anna Politkovskaja, *Diario russo*
646. Anna Politkovskaja, *Per questo*
647. Michael Pollan, *Come cambiare la tua mente*
648. Georges Simenon, *Turista da banane*
649. Kuki Shūzō, *La struttura dell'iki*
650. Georges Simenon, *Pena la morte e altri racconti*
651. Sarban, *Il richiamo del corno*
652. Emmanuel Carrère, *Io sono vivo, voi siete morti*
653. Teresa Cremisi, *La Triomphante*
654. Roberto Bolaño, *Notturno cileno*

655. Austin Wright, *Tony & Susan*
656. Marjorie Wallace, *Le gemelle che non parlavano*
657. Mervyn Peake, *Gormenghast. La trilogia*
658. Katja Petrowskaja, *Forse Esther*
659. Max Ernst, *Una settimana di bontà*
660. Carlo Emilio Gadda, *Quer pasticciaccio brutto de via Merulana*
661. Yasmina Reza, *Babilonia*
662. Emmanuel Carrère, *Yoga*
663. Georges Simenon, *Le persiane verdi*
664. Iosif Brodskij, *Dolore e ragione*
665. Alexander Lernet-Holenia, *Marte in Ariete*
666. Han Kang, *Atti umani*
667. Pierre Michon, *Vite minuscole*
668. Peter Cameron, *Paura della matematica*
669. Franz Kafka, *Il messaggio dell'imperatore*
670. Giorgio de Santillana, *Le origini del pensiero scientifico*
671. János Székely, *Tentazione*
672. Emmanuel Carrère, *Un romanzo russo*
673. Georges Simenon, *I misteri del Grand-Saint-Georges*
674. Azar Nafisi, *La Repubblica dell'immaginazione*
675. August Strindberg, *Inferno*
676. Katherine Mansfield, *Qualcosa di infantile ma di molto naturale*
677. Sam Kean, *La Brigata dei bastardi*
678. Milan Kundera, *L'arte del romanzo*
679. Igor' Stravinskij-Robert Craft, *Ricordi e commenti*
680. Georges Simenon, *Gli altri*
681. Alfred Polgar, *Marlene*
682. Kenneth Anger, *Hollywood Babilonia II*
683. Daisetz T. Suzuki, *Lo Zen e la cultura giapponese*
684. Ingeborg Bachmann, *Il libro Franza*
685. Anna Maria Ortese, *Il Monaciello di Napoli*
686. Simone Weil, *Attesa di Dio*
687. Benjamin Labatut, *Quando abbiamo smesso di capire il mondo*
688. Peter Cameron, *Cose che succedono la notte*

STAMPATO DA ELCOGRAF STABILIMENTO DI CLES
NEL MARZO 2024